離別郵務課的送信人

半田畔——著
王華懋——譯

とどけるひと —別れの手紙の郵便屋さん—

—Contents—

プロローグ

序章

「我要離開這裡！」

我放聲大喊。由於徹底遭到漠視，我擋到對方前面，奮力大喊。因為喊得太用力，差點整個人跳起來了，但我才不管。這下就算是母親，也不得不把視線從電視機畫面移開，厭煩地仰望我。

「離開這裡？哪裡？客廳嗎？」

「離開這個家！」

更正確地說，是這個城鎮。

我把收到的信砸到母親旁邊的桌子上，裡面裝的是東京某大學的錄取通知。除了附近的大學以外，其實我還偷偷報考了東京的大學，就為了今天、為了這一刻、為了離開這個城鎮。

我還以為母親會更驚訝，沒想到她絲毫不以為意，反倒是一臉目瞪口呆地說：

「妳離開這裡要做什麼？」

托著腮幫子問話的態度就像在瞧不起人，但我按捺下來，心想不能在這時候激動失態。

「我要去尋夢。是待在這種小地方，一輩子都找不到的夢。」

「妳的夢是什麼？」

「就還沒有找到啊！」

「到時候光是過生活就喘不過氣來了，真的有空去尋什麼夢嗎？不會混了一段日子以後，才哭著跑回家說『啊，不行，我還是找不到』吧？」

「試都還沒有試，不要劈頭就否定。」

「三餐怎麼辦？髒衣服呢？洗澡問題呢？」

「我可以，全部都沒問題。」

那種小問題，我可以一個人全部搞定。

我已經受夠鎮日埋怨這個小鎮為何無聊成這樣了。

和高中朋友一起羨慕「真希望自己身在東京」的日子，總是空虛無比。

雖然想罵她「那為什麼不去東京」，但自己也是半斤八兩，所以說不出口。這樣的想望，最後總是在握緊的拳頭裡被捏掉了。

所以我要離開這裡，我再也不要坐以待斃了。

「好吧，隨妳的便。」

最後母親乾脆地如此同意。

我超想當場四處跳躍，但又覺得未免太孩子氣，強壓住湧上心頭的激動，走出客廳。

離開家門，來到離家夠遠的地方後，我才放聲大喊：「萬歲——！」

仰望天空，雲朵優雅地飄過。

寬闊，但空無一物，渺小又空虛的天空。

很快就可以不必再看到這樣的景色了，東京生活必定精采紛陳。若說沒有不安是騙人的，可是期待更遠遠凌駕其上。

這次我一定要找到，找到我想做的事、我非做不可的事。找到我的目標、我的夢想。

「我要去東京了！」

新的故事就此揭幕。

第一章
「前略，這份工作真要命」

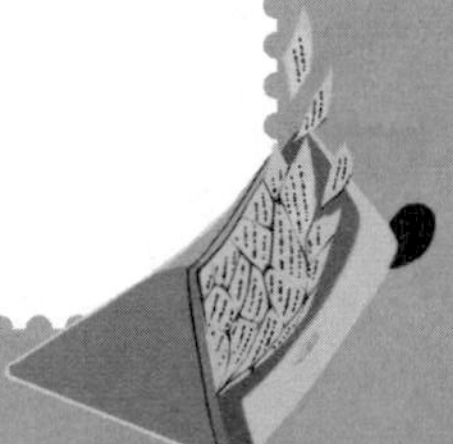

1

回神一看，竟已九年過去了。高中畢業後我來到東京，從無聊的大學畢業，不知不覺間，已經穿上套裝成為社會人了。

空無一物的故鄉天空只是無止境地寬廣，那片景色實在是過於渺小，難以形容為優雅，當時總令我厭惡萬分。

我以為只要去了東京，就會有所改變，然而大樓叢林間的天空狹隘無比，這回我又受不了那種侷促。

每天早上被鬧鐘叫醒，卻怎麼樣都不想離開被窩，睡眼惺忪地尋思上班遲到的藉口，不知不覺間腦袋漸漸清醒過來，然後最後一擊的貪睡鬧鈴聲扎刺在臉頰上。這就是我爛到爆的每日例行公事。

梳理頭髮，穿上套裝，把冰箱裡預先買好的夾心吐司抓起一個塞進皮包裡。反正等一下就會在人滿為患的電車裡擠到變形，現在形狀是否完整也不重要了，只要吃進肚子裡都一樣。

衝向最近的車站，高跟鞋全力在地面叩叩敲打。雖然我只不過是個小小的行政人員，但當然不可以遲到。儘管腦袋明白這一點，身體卻渴望在家裡賴到最後一秒。

跳上電車，還來不及喘口氣，接下來等待著我的是缺氧關卡。一想到自己一大清早就死命狂奔，主動跳進高速移動型推擠遊戲場地，就教人一陣厭煩——我應該要感到厭煩，但大學畢業出社會快滿一年的時候，這種感情也早就麻木了，現在已經是第幾年了？

電車前進，每停一站，乘客的占位攻防戰就逐漸升級。人潮進出頻繁的車門附近，咂嘴聲與咒罵聲不絕於耳，也常有人在乘客推擠下身不由己地被擠出月台，想要回到車廂，卻已經擠不進來了。每次看到這種人，我都會忍不住掬一把同情淚。我就不會出這種紕漏。

「等一下！喂，我要上車！喂，等一下啊！不要關！喂，搞屁啊！」

我不會出這種紕漏——平常的話。今天只是碰巧太不走運。

下一班電車，我拚死拚活硬擠上去，把乘客推開，不是用手硬掰，靠的是腰力。自從成為上班族以後，我覺得自己的腰力鍛鍊了不少。

電車窗外是無機質的高樓大廈群，以及點綴其間些許隙縫的天空。

髮夾快掉了，我連忙把它推回原位，這是我買給上東京讀大學的自己做紀念的髮夾。我要找到就像飄浮在廣闊無垠的天空中的雲朵般、自由的自己。懷著這樣的期許買下的白色髮夾，現在在擠得像沙丁魚罐頭的乘客壓力下，都快被擠彎了。看見倒映在車窗上的自己，訕笑浮上臉頰。

好不容易抵達公司，這次是會計課課長眼尖地發現坐下來的我，走過來酸言酸語。這個男課長的人生意義，就是檢查自己的髮際線是不是還守在原位。

「居然遲到十五分鐘，妳已經做幾年了？是愈來愈老油條了，還是本來就這麼懶散？」

「是，對不起……」

「那什麼有氣無力的回答！」

課長更加火冒三丈。我的腦中總是充滿了反駁回擊的話，但結果都只是在內心嘀咕就算了。就算提油救火，到時候也只會為了滅火而累死自己。

課長離開後，旁邊的新進女員工向我攀談。她是眾業務口中吹捧的「天然呆公主」，有股輕飄飄軟綿綿的氣質，這種不食人間煙火的女生，顯而易見地特別吃香。

「佐佐羅姊，我以為妳今天一定會發飆呢。」

「其實妳都在等著看好戲是吧？」

「我是不否認啦。我去影印跟倒茶，喏，昨天下班後買了新茶葉喔，要不要來一杯？」

「好啦，妳快點去搖尾巴賣萌吧。」

她「嘿嘿」一笑，鬆開襯衫最上面一顆鈕釦，開心地離座了。途中她故意弄掉了要影印的文件，讓男業務幫她撿。

雖然她看起來將男人玩弄於股掌間，工作也不怎麼認真，但樂在工作這一點，我一定完全比不上她。

以前我一直認為我找不到夢想和目標，是因為故鄉什麼都沒有。我深信只要來到東京，一定就能找到夢想和目標，毫不懷疑。進入大學時，剛來到東京的我充滿了希望。

結果應該要找到夢想的四年之間，我學到的只有「大學是浪費生命的地方」的真實體驗。不管在好或壞的意義上，大學都充滿了浪費。

但也並非沒有收穫。

雖然沒有找到夢想，但我找到了比夢想更重要的事物。那就是即使犧牲自我，也想要支持的人。

在宛如走鋼索般岌岌可危的瞬間，我得到了「男友」。所以畢業後的這五年，我才有辦法勉強在東京生存下來。

傍晚六點的下班時間到了，一名業務拿著文件夾，似乎就要走過來。我瞬時察覺，關掉電腦，穿上外套站起來。下班的時候，把椅子推進辦公桌的瞬間，是一整天最令我情緒高亢的時刻。

「我先走了。」我爽快地宣言，一直線往辦公室門口走去。拿著文件夾的業務經過的時候，不甘心地「嘖」了一聲。我內心暗笑。

打開手機，叫出男友的號碼。鈴聲響了幾次後，總算接電話的他的聲音，就好像正邊揉眼皮邊說話。

「喂？公太郎？晚飯想吃什麼？我要先去超市再過去。」

「蛋包飯吧。」

「你每次懶得想，就說蛋包飯。」

蛋包飯的話，材料他的住處都有。我打消去超市的念頭。

「你今天也一直在家？」

「我在作曲。」

「做出好曲子了嗎？」

「還好。」

我猜出不是很順利，沒再說什麼，改變話題。

我一直講到上電車前一刻，說「我現在就過去」，掛了電話。上車的時候，我總是挑選第五輛車廂的第一道車門，因為在他家那一站下車時，這個位置剛好就停在通往驗票閘門的樓梯正前方。

夜晚的電車當然也擠滿了人，乘客的熱氣把車窗和車門玻璃都給薰霧了。我注意到吊環上的黃漬，祈禱快點到站。

經過離我的住處最近的一站再過去三站，抵達了他家所在的車站。再小跑步約十五分鐘，便到了他的公寓。

按下門鈴，沒有回應，我直接轉門把，沒鎖，我正想罵他不小心，發現他沉迷在電玩裡。駝背、亂翹的頭髮，染過的頭髮最近都沒怎麼整理，亂得像顆鳳梨。

「你在打什麼？」

「袋狼大進擊。」

「那遊戲可以幫助你創作曲子嗎？」

一張臭臉轉了過來。我可以支持身為音樂家的他，但實在不想鼓勵他當遊戲實況主，希望他沒有瞞著我ＰＯ影片在影音網站上。

雖然是地下樂團，但他的樂團已經出了兩張專輯，現在正在為第三張專輯製作歌曲，並忙著開演唱會。廉價公寓當然不可能有隔音，因此他白天或晚上會去錄音室。他說今天一整天都在家，應該等一下會出門吧，外出要帶的東西都放在房間角落，隨時拿了就可以出門。在那之前，一下子就好，我想跟他一起吃晚飯。

我自己開冰箱拿材料，哪裡有哪些東西，我也都瞭若指掌。蛋包飯做好了，我向來都會用番茄醬在上面畫圖，即使畫得很糟，他也會捧場地笑。

我們總是吃飯配電視，一起吐槽藝人的發言，對三心二意的他轉台看到的悲慘意外新聞驚嘆連連，擺出洞悉世事的模樣來。我喜歡這段時光。

但今天的他有些心不在焉，這麼說來，今天好像還沒有跟他對上眼說話。明明距離這麼近，唯獨今天，隔了一張桌子的這段距離卻不知為何特別令人在意，是我多心了嗎？

我伸手在他面前揮了揮，得到「幹嘛啦」的反應，他終於看了我，我傾吐職場牢騷。他專注地聽我吐苦水，然後連我的碗盤一起收到流理台，把我帶去隔壁房間的床上了。

「我又不是來做這件事的。」

「有什麼關係？」

幸福的一個小時過去，他換上衣服出門了。

因為懶得回去，我決定在這裡過夜，有上次過夜時洗好的襯衫可以更換。不只是衣服，每次我都會一點一滴地留下自己的東西在這裡，試探他的反應。我覺得他的表情並不排斥。

我撫摸著剛才還躺在一旁的他的餘溫，墜入夢鄉。

公太郎的住處從來不上鎖，他的說法是，他希望會發生意想不到的事。所以他也沒有給我備份鑰匙，這天我也沒有鎖門就離開了（不過有傳簡訊說一聲）。

發生劇變的日子早晨，與一成不變的日子早晨，沒有任何不同。這天，我體認到了這個事實，就算住處不上鎖，也會發生意想不到的事，該發生的事就是會發生。

我就像平常一樣遲到了一下，被課長碎唸了老半天，總算獲釋坐下時，腳都發麻了。然後我著手製作文件、影印簡報資料、傳真、整理收據、計算經費等等。所謂工作，就是處理別人不想做的雜務。

午休時間，我一個人在公司屋頂角落吃著超商買來的三明治，這時手機振動了。我將振動次數設定成公司和其他來電不同，這次數是男友打來的。我急忙從口袋裡掏出手機。

是要說昨天的蛋包飯的感想嗎？還是要為早上忘了說「我出門了」道歉？搞不好他是要說「今天還沒有看到妳，不過妳真美。我知道的」。不管是什麼內容，只要看到他的訊息，一定能精神百倍。我這麼想。

「小鈴，對不起，我們分手吧。」

看到打開的訊息畫面，手機差點從手中滑落。

明明不是冬天，身體卻宛如墜入冰窟，連吹來的南風都讓我凍寒徹骨。我體認到原來這就叫做渾身發冷。從樓頂俯視的地面看起來近在眼前，這是什麼意思？

我用凍僵的指頭叫出他的號碼撥過去。一定是搞錯了，絕對是搞錯了。鈴聲、鈴聲、鈴聲。不接。不管打過去多少次，他就是不接。

我搭電梯下樓，跳過辦公室，直接下去一樓。電梯門一開，我立刻飛奔而出。

跳上午間空蕩的電車，到處都是空位，我卻實在無心坐下。

到站之後過了橋，爬上坡道，往他的公寓走去。進入社區，爬上樓梯，敲打二樓房間門。

「那是什麼意思！喂，公太郎！」

我發現敲打的那道門上貼了一張紙。

紙用透明膠帶寒酸地貼著，上面以小小的原子筆字跡寫著：「我搬家了。」

我撕下紙來，那張Ａ４紙的背面寫著「伊豆」、「箱根」、「熱海」等地名，是前幾天我剛寫下來、預備要和他一起去旅行的候補地點。

腳邊有個小紙箱，我提心吊膽地打開來一看，裡面裝著我昨天脫下來的襯衫和內衣褲，以及所有的私人小物。他一副沒放在心上的樣子，但其實掌握了我拿過來的每一樣私人物品。

我握住門把想要轉開，但立刻察覺了異狀。

不管再怎麼轉，門把都一動不動。門鎖上了。

我抱著紙箱走下公寓階梯，社區大門處有垃圾場，我把整個箱子扔進那裡。

呃，我應該要去哪裡？我家在哪裡？不過我可以回家嗎？

啊，對了，公司。我還在上班，得回公司才行。

天氣真好，對面的人行道上，一對母子手牽著手親密地走著。母親看起來年紀跟我差不多，她結婚的對象是個怎樣的人呢？

我正經過車站前面的橋，這時手機振動了，有來電。我急忙從口袋裡掏出來查看，是公司打來的。我不敢按通話鍵，僵在原地。不一會兒，一則簡訊傳來了。一樣是會計課課長傳的，只有簡短的一句「回來後在櫃台打給我」。腦袋無法運作，我不明白這話是什麼意思。

我花了三十分鐘回到公司，依照簡訊的指示，打電話給會計課課長。電梯才剛爬上辦公室所在的樓層，課長已經在門外等我了。我以為他會大吼大叫，沒想到他面無表情地說「過來」，把我帶去會議室。

也許課長是擔心突然衝出公司的我，特地找了個地方，要聽我抒發煩惱，沒想到課長其實人滿好的嘛。

「我們公司決定要縮小事業規模，為了減少赤字，也決定要刪減人事經費。妳明白不讓妳去辦公室，直接把妳帶來這裡，代表什麼意思吧？」

我啞然失聲，我想要說話、也覺得非說點什麼不可，腦袋卻一片空白，一句話都說不出來。為了努力讓大腦遠離眼前的現實，突兀的疑問浮現腦海：下巴脫臼只能張大嘴巴的人，嘴巴就會這麼乾嗎？

「法律上妳還有兩星期的班，不過就當作病假處理吧。這段期間，看妳是要求職還是幹嘛，做好離職準備吧。」

課長從椅子底下遞給我的，是我留在辦公室座位的皮包。縮小事業規模的事應該是真的，因為我們會計課的人最清楚這家公司的數字。傳聞一定會裁掉幾個行政人員，而我又在這種節骨眼溜出公司。對課長來說，等於是天下掉下來的裁員理由吧。

課長冷哼一聲，俯視著我，而我終究無法提出任何一句反駁。

我走出才剛回來的公司，也不是走出去，而是被趕出來了。一小時前的情傷都還未平復，簡直是屋漏偏逢連夜雨。

感覺就好像通往目標的道路一口氣全崩塌了。就在一天之內，全部。

我打開手機，求得一線生機似地再次確認他傳來的簡訊。是不是搞錯了？會不會是傳錯了，或是其實他腳踏兩條船，這是要傳給另一個女人的？但是沒有錯，上面指名道姓地說「小鈴」，「我們分手吧」，意思就是要作廢這段男女關係，讓共同累積起來的時光全部歸零。

「開、開、開……」

為了不明白自己為何身在東京。

為了一切都化為烏有。

「開什麼玩笑啊啊啊啊啊啊啊啊！」

我使盡全力，發出不曉得多少年沒有發出過的怒吼。

握緊手機，高高舉起，朝向河面遠遠地擲去。

而我最愚蠢的是，才剛扔出去就立刻恢復理智了。

「哇啊啊啊啊啊！剛才的不算數啊啊啊！」

我伸出手去，但為時已晚。看來我發揮了甚至令自己驚嘆的神力，手機「噗通」一聲沉入遙遠另一頭的水面。剛好經過附近在跑業務的上班族瞪著我看，我整個人頹靠在橋邊扶手上，好一陣子全身動彈不得。

不管再怎麼吶喊，或是把手機遠遠地拋進河裡，都不可能撫平被男友拋棄的心傷，也無助於挽回被裁員的事實。

我回家沖了個澡，好半晌茫茫然地腦袋放空。我沒有用吹風機也沒有用毛巾，頂著一頭濕髮直接倒在床上。

即使想要就這樣睡著，腦袋也清醒到不行。往後該何去何從？破壞力十足的不安壓上心頭。

然後。結果。

「我不行了……」

我終於放棄了。我同時失去了男友、工作和手機。

我的故事就此落幕。

2

「我回來了！」玄關傳來母親的大嗓門，還有塑膠購物袋的摩擦聲，我猜她一定又買了一大堆東西。八成是遇上親切的試吃攤位小哥，耳根軟地幫人家做了業績。

五分鐘後，紙門猛地打開，母親未經許可地擅闖進來。她踩著癱在地上的我，一把拉開窗簾。因為真的很煩，我忍不住暫停打電動，瞪向母親。母親一和我對上眼，立刻發作：

「大白天的，妳在做什麼？昨天晚上也吵死人了。」

「打電動，一整晚。看，手都磨出電動繭來了。」

「什麼電動？」

「袋狼大進擊。」

「電動會生工作給妳嗎？」

原來如此，我有點明白前男友的心情了。不管對方再怎麼苦口婆心，聽起來就只是在碎碎唸。就像小學的時候，被催著寫本來就打算要寫的功課的那種感覺。我萬萬沒想到長大之後還會再嚐到那種滋味，看來小時候經驗到的種種，是即使長大之後仍完全適用的感情。

附帶一提，我同時失去了飯碗和男友，但手機問題總算是解決了。看來在我過著往返於公司和男友住處及租屋處的生活期間，這個世界日新月異，出現了極方便的備份功能。因此我向手機行借了備用機，成功恢復了連絡簿的資料。在必須重新買過的新手機寄來之前，我就靠著備用機過活。所以我從東京帶回來的，就只有手機和衣物而已。

「突然跑回老家，結果卻是這副德行！還以為妳是要回來報告結婚喜訊的，但旁邊又沒個人影，別說帶男朋友回家了，居然連工作都丟了。」

「有什麼關係?房間空著也是空著，而且這裡本來就是我房間。」
「我得跟妳講清楚，媽只顧得上自己的生活，可沒法養妳。妳自己的吃穿用度，自己想辦法。」
「媽要趕走退掉東京的租屋處，無處可去的女兒嗎?」
「把時間浪費在打電動的廢物才不是我女兒。」
太狠了，這是做親娘的人說的話嗎?不過我想如果立場掉換，或許我也一樣會想要酸個幾句，深覺自己果然是母親的女兒。
附帶一提，雖然是很久很久以前的事了，但母親也被父親拋棄了。聽說那時候母親才剛生下我，後來她便一個人把我拉拔長大。居然連被男人拋棄的境遇都一樣，害我忍不住想要關注一下基因對宿命的影響力。
「所以了，拿去。」
「什麼?」
母親丟給我的是一張履歷表，不是一般的履歷表，而是特定公司的表格。往右上欄一看，上面有郵局的名稱。
「為什麼是郵局?」
「在這裡上班的新田先生人很好，像是郵票該買多少錢、郵件袋有什麼種類，都會很詳細地告訴我。」

這母親……

不待我回嘴，母親繼續說：

「媽呢，總是很期待匯錢給妳的日子，不是因為可以匯錢給妳，而是因為可以見到新田先生。我總是趁著新田先生不注意，跟他來點肢體接觸，滋潤一下我乾涸的每一天。現在連這樣的樂趣都沒了，這都是因為妳回來了，所以妳要負起責任。既然在哪裡工作都一樣，就去郵局工作吧！」

「沒頭沒腦的，我才不要！好久沒回家，為什麼我得被媽拿去利用在追求第二春？我自己的事，我自己決定。」

「喂！」

「我已經請對方安排明天面試了。」

母親哼起歌來，她一進入那種狀態，就再也聽不進去別人說話了。邊哼歌還邊咳嗽，這人也太自由了。

算了，我就隨便去面試一下，隨便被刷下來吧。

就在我下定決心的同時，臨去之際的母親回過頭來開口了，那句話令人好奇，讓我忍不住再次從電玩畫面移開目光：

「那家郵局有個很有趣的單位喔，搞不好意外地會很適合妳。」

我考上大學離家後，從此再也沒有回來，因此其實是睽違九年的返鄉。許久不見的故鄉，街景意外地有了不少改變，怎麼說呢？很努力地在進步。

郊外的話，現在依然是一片農田和山地，但中心地區的車站整個翻新，大型商業設施團團圍繞似地林立。周邊的商店街也是，我還在的時候多是鐵門深鎖的閒置店面，但現在充滿了男女老幼的客人，熱鬧無比。感覺整個城鎮充滿了想要重生的意志與熱情。

我要去的郵局恰好就位在繁榮的中心地區與郊外的農地正中央，對面有一家感覺隨時都可能倒閉的自行車行。

路上行車不怎麼多，但商家也並非生意蕭條。這條馬路就像是從熱鬧的車站走來的年輕人，與從農田山地走來的老人家和親子等各別不同的年代交會之處。

郵局本身也不怎麼大，是一棟二層樓建築，入口處有聊勝於無的無障礙坡道，以及兩根漆上郵局代表色的紅色柱子，象徵性十足。木造的部分與混凝土牆面融合在一起，外觀相當奇妙。

它的大小和樣式，如實地反映出城鎮的規模之小。想要瞭解一個城鎮的規模，或許參考郵局的外觀，也是個不錯的方法。

一走進裡面，立刻就是櫃台區，分成「郵局」、「存款」、「保險」、「其他．諮詢」等四個窗口，我是來面試的，所以往「其他」窗口走去。

每個窗口都有女職員，我將會被派到這四個窗口之一嗎？母親說的有趣的單位是指哪一個呢？

我前往「其他」窗口的女職員那裡，說我來面試。女職員離座去找負責人。不到五分鐘，負責人出來了，是個體型壯碩而陽光的男子。看到名牌上「新田」兩個字，我心想，啊，原來就是他。

「讓妳久等了！佐佐羅鈴小姐對吧？面試在會議室進行，跟我過來吧。」年紀約在四、五十歲之間，嗓音也很渾厚，如果用有色眼鏡來看，可以說是很可靠的聲音，但摘掉有色眼鏡，就是個知性豐富的大猩猩吧。大學時代一定是橄欖球隊的。

櫃台區的窗邊有條窄小的通道，我們從那裡進去，穿過並排的辦公桌，開門往深處移動後，氣溫陡然下降，地板變成綠色的。照明漸漸變得昏暗，出現一小區作業空間，感覺跟我大學的時候領日薪打工的工廠很像。

「這裡是分類郵件的地方，分成要送去其他郵局的郵件，或依地區、社區、住家分類，有時也會有從其他郵局送來的郵件。」

幾個人站在作業台旁邊默默地分類，應該是打工人員，幾乎沒有對話，聽到的只有明信片和信件的摩擦聲，以及搬運郵件的推車車輪聲。

新田先生走上旁邊的階梯，帶我上二樓。綠色地板消失，陽光從窗外照射進來，走廊隔著一定的間隔設有門板。這回感覺一下子變成了事務所。門上各有門牌。新田先生一邊往裡面走，逐一唸出來向我介紹：

「這裡是營業部的辦公室，旁邊是會計、客服。到這邊都跟一般公司沒兩樣呢，不過再過去就是郵局才有的部門了。收發課，這是剛才分類郵件的工作人員的辦公室，旁邊是保險課、窗口課，還有……」

新田先生停在一塊門牌前。

仔細一看，上面寫著「離別郵務課」，這是做什麼的地方？營業和會計、分類和收發，我都可以想像，不過這是什麼部門？

「這裡先算了。」

「為什麼？」

「解釋起來很麻煩，嗯，需要的時候再慢慢跟妳說。」

我們來到最深處的會議室，進入裡面。

隔著簡單的桌子面對面後，我將履歷表交給坐下的新田先生。這人個性那麼豪爽，我擔心他會不會把內容唸出來，幸好他沒這麼白目，不過他對每一個項目都發出低吟或感嘆。

他提了幾個問題，我全都順暢地作答了。因為也沒有特別想要考上，因此完全是平板地回答。

「郵局的工作是處理顧客重要的郵件，如果應該送達的東西無法送到，會造成比實質更嚴重的損失，會失去信用。」

「喔……」

「在與人的相處上，有許多要求。不光是必須準時，也需要溝通技巧，這部分鈴小姐沒問題嗎？」

「在上一個職場，我認為我建立起不錯的人際關係，時間上也都每天準時出勤，不過這都是天經地義的事呢。」

「原來如此，撒謊技巧這麼拙劣，看來妳是個單純的人。」

新田先生看著我，卸下嚴肅的表情，哈哈大笑起來。謊言被理所當然似地識破，令我有些不知所措。

這個人意外地不容小覷，然後我有點覺得信任他也無妨。對於值得信任的人，我向來都說真心話。我不拿出真心，對方也不會真心以待，這是我的論點和信條。

這是如何面對他人的問題，因此對於只想敷衍過去的對象，我也只會敷衍其詞。不過對於新田先生，我認為說出真心話也無妨。

「坦白說，我會來參加面試，並不是因為有什麼正經的動機。硬要說的話，是因為這裡離我家很近，如果更近的地方有輕鬆的工作，我就會去那裡。」

不出所料，新田先生大笑起來：

「妳這人真有趣，如果可以，我希望妳來這裡工作。」

「具體來說要做什麼？像剛才那樣做郵件分類嗎？我做過會計，是要做一樣的工作嗎？還是沒做過的業務？」

「這個嘛，一開始會先請妳坐櫃台窗口，接下來除了櫃台，可能會同時請妳幫一些忙。」

幫一些忙？具體來說是什麼？嗳，算了，就像剛才我對新田先生說的，不管是錄取還是淘汰都無所謂。

「那麼，下星期一妳可以來上班嗎？如果妳願意的話，到時我再說明。」

「咦？」

我被錄取了，這麼簡單？

明知道我先前的工作態度，卻當場錄取，我不懂他這份膽量是從何而來。如果我是人事，當場就直接請回了。

「明天來也可以。」我挑戰地說。

「合約上，必須相隔四個營業日才行。別急、別急，慢慢來吧。」

他沒聽懂我的玩笑。

結果說好星期一開始上班，我向新田先生道別了。

才剛離開郵局，便立刻接到母親的電話，時機巧到讓人懷疑她是不是躲在哪裡監視我。

「面試怎麼樣？新田先生今天也笑了嗎？妳有替媽說點好話，說我媽總是承蒙您照顧之類的嗎？」

「放心，當然有。新田先生是個富有知性的大猩猩呢。」

「妳怎麼這麼沒口德！」

3

星期一早上，新職場第一天。我梳好頭髮，別上白色髮夾。

即使換了職場，上班前的準備和節奏也都差不多。在東京養成的這些動作習慣，一方面令人寂寞，但也令人驕傲。

我留意時間，決心不再遲到，時間充裕地離開家門。在對方指定服裝或發下制服之前，先穿套裝。原以為完美無缺的上班途中，卻被一個陌生老婆婆抓住問路。我說我最近才剛返鄉，不熟悉這一帶，她也一副不懂的樣子。我使用文明利器顯示地圖，輸入老婆婆要去的目的地。

說明完路線後，抵達郵局時，已經遲到十分鐘了。我到「其他」窗口請對方找新田先生，我想起東京職場的會計課課長的嘴臉，我會挨罵嗎？還是被酸個幾句？是不是該準備一下藉口？老婆婆問路這種事會有人信嗎？

「抱歉我遲到了。呃，那個……」

「我正在等妳呢！好了，走吧！」

爽朗大方的笑容，新田先生的態度讓我錯覺難道遲到只是我誤會了？我回過神來，跟上早已跨出步子的新田先生，我們循著和上週相同的路線前往二樓。

「就像我上次說的，基本上會請妳坐窗口，業務就請前輩教妳吧。然後，佐佐羅……有另一項業務要請妳幫忙。」

新田先生說。這中間奇妙的停頓，讓人陡生警覺。

「或者說，這邊的業務才是最主要的，需要請妳幫忙。妳在面試中表現出來的坦率，讓我期待妳能發揮所長。」

「什麼業務？」

「離別郵務課。」

嚇！我一陣警醒。看到我的反應，新田先生又笑了：

「妳也很好奇對吧？」

我立刻想到，一定是面試的時候被跳過說明的那個部門，還有母親提過的郵局有趣的單位。我猜想那一定就是指這個離別郵務課。

我並不是特別想要知道，但如果和自己將來的業務有關，那就另當別論了。

「那是做什麼業務的地方？」

「簡單地說，是投遞『道別』的事業部。它的正式名稱是『信差事業部』，離別郵務課這個名稱，是上一代取的。」

「我更不懂了，這跟一般的郵件投遞不一樣嗎？」

「這我也會依序說明，首先認識一下往後一起共事的夥伴吧！」

不知不覺間，我們來到「離別郵務課」的辦公室前。新田先生讓出位置，要我自行敲門入內。

我發現與其他辦公室相比，只有這一間的門把很老舊。其他辦公室都是新型的下壓式門把，卻只有這扇門是喇叭鎖。這個門把瞬間讓我想起了公太郎，我甩開回憶，敲了敲門。

「請進～」

裡面傳來模糊的女聲。我看向新田先生，他張開雙手搖搖頭，擺出典型的不明白姿勢。這裡真的沒問題嗎？我提心吊膽地開門。

內部裝潢意外地很普通，有兩張縱放的長桌和幾把椅子。周圍被書架包圍，我立刻聯想到社團辦公室，就類似電腦社和文藝社混合在一起的感覺吧。雖然兩邊我都沒有參加過。

辦公室裡有兩個人。

首先是一個不知為何哭得梨花帶淚的女生，她有著疑似天生的褐色長髮，一雙大眼，年齡應該也比我小了許多。我當下的判斷是：這個女的真假掰。

另一個是男的，他正在看電腦螢幕和文件，所以看不清楚他的臉。感覺個子很高，沒有立刻對我這個新人表示興趣，所以是個比新田先生更酷的人嗎？

新田先生晚了一些進入辦公室，向我介紹兩人。

首先是號啕大哭的女生。

「這是桐生千鶴。大學畢業後，立刻回到故鄉，進入這裡工作。就像妳看到的，是個愛哭鬼。千鶴，妳今天是為了什麼而哭呀？」

「我想起昨天看的電影，晚上九點播的，男女主角分手的地方讓人看了心好痛……」

那部電影我也看了，演技糟到不行，完全無法入戲。國產電影特別容易看出演技好壞，回想起那種電影而哭？她這是假裝的嗎？難道這個桐生是天然呆公主那種角色？

「因為兩人再也見不到面了……雖然他們約好要再見面，可是……嗚嗚、咕咽……嗚哇啊啊啊啊！」

不對。

這女生是來真的。

難以置信，她是回想起情節，真心在悲泣。中間還夾雜著嗚咽，鼻水也流得像洪水一樣，總覺得哭到快要嘔吐出來了。

「啊，對不起。幸會，我叫桐生千鶴，剛出社會第二年。妳有看昨天的電影嗎？很棒對吧？」

「啊，嗯，很厲害。」我是說妳的鼻水。

「我們年紀好像差不多，請叫我千鶴就好。」

「我叫佐佐羅鈴，請多指教，千鶴——前輩。」

打完招呼，我的視線移向另一名男子。也許是在斟酌時機，男子結束作業，起身走了過來。

個子果然很高，而且坦白說，很帥，大帥哥一枚。因為我剛失戀，所以或許更這麼感覺也說不定，這個人全身上下散發出迷人的魅力。

根據我的直覺，這個人是個好人。絕對錯不了。

一定要和他親近起來。啊，進這裡工作真是做對了！雖然甚至還沒有聽到工作內容的說明，不過就請他手把手教導我吧！不光是工作，也多多打聽他的私人生活吧！有太多話題可以聊了。

「我、我是佐佐羅鈴，因為一些原因，回到家母居住的故鄉這裡。我希望可以在這裡長久工作下去，請多指教。」

「我是小雨秋鷹。」

我伸手準備握手，然而小雨前輩遲遲沒有伸出手來回應。難道他是個害羞小生？也許是個有點笨拙的人，不過這樣也很棒。倒不如說，這樣才迷人。

「對了，佐佐羅。」

「是！什麼事呢？」

「妳是瞧不起這份工作嗎？」

「……什麼？」

小雨前輩說了：

「遲到十五分鐘，妳懂不懂？這個職場非常講求準時，是妳的體內時鐘比別人慢了十五分鐘嗎？還是這整間郵局的時鐘全部快了十五分鐘？」

「不、不是，那是、因為……」

「妳是腦袋裡面養了蝸牛嗎？妳在拖拖拉拉的時候，也有人投寄信件，在等待信件送達。不光是我們，妳還浪費了這個城鎮的居民的時間。郵局是為了當地居民而存在的，我可以輕易想像妳往後的表現，妳會呆呆地坐在櫃台窗口，只知道左手收郵件，右手交出去，然後開始埋怨：這份工作真是毫無意義，還是辭職不幹好了。妳會從東京回到這裡，理由八成也是半斤八兩。我不知道新田先生怎麼會讓妳進這個部門，但既然第一天就遲到，我會把妳當成最差勁的人來看待，妳做好心理準備吧！」

「別這麼嚴嘛。」新田先生安撫小雨前輩。小雨前輩一副意猶未盡的樣子，如果不是新田先生居間制止，感覺他會永無止境地數落下去。

對一個初次見面的人，居然能如此一瀉千里地唸個沒完，教人尊敬。同時我也悟出這個人能夠尊敬的，也只有這一點了。

我真痛恨自己的有眼無珠。

什麼好人，這傢伙分明是敵人。

既然對方這樣開門見山，那好。別以為這點排擠就能讓我屈服。現在的我，已經不是先前在東京被擊垮的我了。

我慢慢地吸氣，吐氣的同時說了起來。在呼吸用盡之前，一口氣主張：

「郵局前面有個迷路的老婆婆，我為那位老婆婆帶路，所以才會遲到。那位老婆婆也是這個城鎮的居民之一，所以我向她伸出援手。郵局是為了居民而存在的對吧？從今天開始，我也是這裡的一員，因此我基於這樣的信念，為老婆婆帶路。你在跟電腦螢幕和文件乾瞪眼的時候，我可是與一名利用郵局的居民交流，並提供協助。往後還請前輩多多指導和鞭策！」

「……妳這傢伙，可別信口開河啊。」

我正想繼續反駁，但新田先生安撫：「好啦好啦。」沒辦法，現在還算是上班時間，而且是第一天，就步步為營、穩紮穩打吧。快點學會工作內容，把這個男的當空氣。

我和新田先生在桌子兩邊坐下，新田先生向我說明郵務課的工作。他指導得非常誠懇，就好像在重新認識一樣。

「郵局會投遞信件和郵包，而離別郵務課投遞的，是所謂的『道別信』。」

「道別信？」

「對，世上有許多人因為種種苦衷，無法親自或是親口道別，這個離別郵務課，就是為了這些人而成立的。我們會代替寄件人，將道別信投遞給收件人。」

也許是注意到我遲遲難以理解的樣子，新田先生接著如此提議：

「窗口業務另當別論，道別信的投遞，我想實地觀摩學習是最快的。」

新田先生站起來，走到最裡面的辦公桌，操作電腦，上面似乎有預定表，他查看之後說：

「今天秋鷹有投遞預定呢。那剛好，帶佐佐羅一起去，教她工作內容吧。秋鷹，你今天負責帶佐佐羅。」

「嗄?!」

我和小雨前輩齊聲合唱，新田先生是沒看到我們剛才的針鋒相對嗎？在這種氣氛下，他怎麼能提出這種建議？

我抗議似地瞪新田先生，拜託換個人吧！我這麼默念，但被新田先生以哈哈大笑帶過了。

小雨前輩似乎死心認命，開始準備投遞，他已經把我當成空氣了。投遞似乎有制服，必須換上制服再出門。

新田先生發了投遞用的制服給我，帶我去附近的更衣室。接下來我得去一樓後面跟小雨前輩集合。

臨去之際，新田先生豎起大拇指，露出燦爛無比的笑容說：

「要好好相處喔！」

郵局後面停著汽機車，與民眾的停車空間共用。白天似乎是投遞時間，車子和機車幾乎都出去了。

我問旁邊的小雨前輩：

「小雨前輩有駕照嗎？」

「為什麼這麼問？」

「因為如果要開車投遞……」

「離別郵務課不用機車或汽車，又不是有好幾百封要送。」

「那、那要怎麼送？」

小雨前輩咂了一下舌頭，伸手指去。他指的方向停著一輛藍色自行車，後貨架上有箱子，上面印有郵局標誌，感覺像是一般的淑女車改造而成的。其他的郵務車或機車都是以郵局代表色的紅色為基調，卻只有離別郵務課的自行車不知為何是藍色的。也就是說，它簡單明瞭地做出了區別。

「雖然是隱隱約約，但我覺得離別郵務課在郵局裡是不是受到排擠呀？」

「坐吃經費跟人事費，花那麼多時間就只為了送一封信的事業部，有誰會歡迎？既然被派到這個事業部，妳就當作在局裡沒有容身之處吧。」

「我才上班第一天，就已經無處容身了嗎？」

「反正幾天以後，妳就會自己離開了。」

真火大。不過為了叫我要好好相處的新田先生，我可以稍微忍耐一下。再怎麼說，今天都是第一天上班，如果這傢伙說的是真的，那麼我的容身之處，就只有這個事業部了。既然如此，起碼我要讓這個地方待起來舒舒服服。

「這個部門雖然在局裡被排擠，不過好像也持續了滿久的，在這個城鎮也廣受認知呢。」

「這都要歸功於上一代，上一代全靠金錢與人望成立了這個事業部。現在由新田部長繼承上一代的意志，勉強維繫著。新田部長的笑容基本上很煩人，不過有時候非常可靠。坦白說，這個事業部等於全靠新田部長的人品在維持。」

「咦，前輩很尊敬他嗎？原來前輩也會尊敬別人呀。」

「少廢話，閉嘴跟上來，這個東京挫折女。」

「那什麼琅琅上口卻不名譽的綽號啦！」

小雨前輩用「有意見嗎？」的眼神看過來，我強忍不滿，不讓他聽見地小聲嘀咕：

「……你才是，平白浪費那張帥臉。要不是內在像臭水溝一樣，應該早就離開這種小地方，另謀高就了。」

「什麼？嘀嘀咕咕的，聽不清楚。」

「沒事。」

「我可沒平白浪費我這張帥臉，我在客人面前都會笑臉迎人。」

「明明就聽見了嘛！」
從正常對話一路發展到唾罵後，小雨前輩跨上自行車準備出發。好，我也跟上去吧！這時我湧出一個疑問來：
「呃，那我的自行車呢？」
「當然是靠妳那兩條腿啊，白痴嗎？」
他露出真心擔心我智商的表情來。你才是說真的嗎？這個男的居然要拋下弱女子，自己一個人騎自行車？
「請等一下，你是在叫我用跑的追上你騎的車嗎？要去哪裡送信？是我可以用跑的跟上的距離嗎？」
「大概快七公里吧。」
「你還有良心嗎！」
「這有什麼難的嗎？妳那雙象腿是長好看的嗎？」
「我的腳是平均尺寸！前輩才是應該把自行車讓給我，鍛鍊你那兩條瘦竹竿吧？喂！不要丟下我！」
我還在抗議，小雨前輩已經踩上踏板，逕自出發了。我急忙追上去，看見他在騎出公路之前停了下來，他回過頭來說：

「不好意思啊，我這人就是沒法另謀高就的臭水溝個性，好好跟上來吧！」

跑上七公里，都已經跑到鄰町去了，道別信的遞送，恐怕沒有區外這種概念。比方說一般的郵件，如果收件住址是郵局的負責區域之外，就會委託其他郵局配送（昨天學到的），但離別郵務課的話，會怎麼處理？

難道這裡收到的所有的信，全都得靠自己來配送嗎？那如果是要寄去北海道的信，豈不是就得特地飛去北海道……

「到了。」

「我要吐了，可以等我一下嗎？」

「別弄髒制服啊。」

這傢伙完全沒有配合用跑的人的體貼，彷彿惡意地（或者說根本就是惡意地）總是全力衝刺，自行車踩得就像青春少年郎。紅燈是追上他的機會，但是來到郊外以後，紅綠燈也變少了，我終於被拋在了後頭。

我靠著直覺橫衝直撞，來到一處小型住宅區入口，看見公寓社區，藍色自行車就停在那裡，小雨前輩正臭著臉在等我。這便是中間經過。

小雨前輩從自行車的貨架袋子裡恭恭敬敬地取出一封信。

是明信片尺寸的信封，上面寫著住址和姓名，然後我發現上面貼的郵票也是藍色的，和一般郵票不一樣。

「這是用來區別道別信的郵票，免得跟一般信件搞混了。郵票要在窗口購買，妳也會負責窗口業務吧？那到時候應該也會遇到買郵票的人。」

「也就是要寄出道別信的人嗎？」

小雨前輩不是點頭肯定，而是接著說：

「會在郵務課進行分類，各別指派專人負責，像這樣投遞出去。」

「可以看內容嗎？把信封拆開之類的……」

「不行，不可以拆封。這是很敏感的信件，不能審閱。離別郵務課的第一條規矩，是『絕對不可以拆閱信件』。」

原來正常地提出問題，這個人就會很正常地回答。搞不好少說個兩句，就不會莫名挨罵了。

「確實記在妳那顆蝸牛腦裡面了嗎？同樣的話我可不會再說第二遍。還有，氣喘完了沒？真難看。」

不行，就算不多嘴，還是一樣會挨刮。

他對我以外的人也是這樣嗎？千鶴每天都被他這樣痛罵嗎？然後每次都

號啕大哭嗎？要是這樣的話，我得挺身奮戰才行。

現在就算跟他對槓也不是辦法，我決定趕快把信送完再說。小雨前輩似乎也是一樣的想法，我們同時跨出腳步。

公寓一樓的邊間，就是送信的目的地，小雨前輩按下門鈴。旁邊的他釋放出無聲的壓力：妳閉上嘴巴好好看著。

出來應門的是一名三十多歲的男子。男子臉上布滿鬍碴，揉著眼睛，衣領處整個泛黃，讓人忍不住想要退避三舍。

小雨前輩把信遞給男子說：

「您好，我是離別郵務，為您送來您的道別。」

他笑了。

小雨前輩燦爛地微笑了。

我忍不住一陣心驚，這就是所謂的職業笑容嗎？

由於才剛經歷那樣一番污言穢語，更讓我覺得彷彿目擊了什麼詭異的東西。重點是，剛才他說什麼？

男子一臉茫然地看著交到自己手中的信，小雨前輩趁這時小聲對我說：

「規定要這樣說啦，知道了就收起妳那張凸眼金魚似的表情……」

男子打開信封，讀起內容。

我們還沒有離開，看來似乎要確實把信交到收件人手中，得到承諾之後才能離開。

「謝謝，我收到了。」

讀完信之後，男子哭了。到底是什麼內容？既然是道別信，內容應該是告知離別，但我忍不住好奇起細節來了。

「那麼，請在這裡簽收。」

小雨前輩取出名片尺寸的小卡，是一張鑲藍邊的卡片。男子在上面簽名後，小雨前輩才總算把門關上。男子消失在房間裡，我們正要離開，這時背後的房間傳來男子的喊叫聲。噢噢噢噢噢！是在呻吟，還是在鼓舞自己？

「嗯，大概就是這種感覺。」

聽著背後仍不絕於耳的男子吶喊，小雨前輩早早就要結束收工，態度淡泊到家，這個人的心理素質令人戰慄。

「送來道別，簡直就像死神呢。」

「我個人是覺得這種事業部還是廢除的好，跟這些連親口傳達自己的意思都辦不到的軟弱傢伙打交道，實在很累人。」

「那前輩為什麼會待在郵務課？既然有那樣一張帥過頭的臉，調部門這點小事對你一點都不難吧？」

「囉嗦。」

好粗糙的反駁，搞不好是被我戳中痛處了？有種好似挖到弱點的奇妙成就感，不過這點喜悅，難說洗刷了我現在複雜的感情。

「新田部長說他很期待我，不過這份差事好像在帶給別人不幸，我有點不太起勁耶。」

「原來妳有資格決定別人的幸福？我都不曉得原來妳這麼了不起。」

「……什麼意思？」

我繼續跟小雨前輩鬥嘴，然後他取出一只褐色的信封。既然是他從制服裡掏出來的信，應該也是道別信吧。

小雨前輩把信塞了過來，我無奈地接下。仔細一看，果然貼著藍色郵票，接著他給了我剛才的簽收卡，這時我總算有了不祥的預感。

「這封信妳去送。」

「請等一下！我才看過一次而已耶？而且才剛剛看到而已耶！太讓人不安了吧！」

「這樣啊，那明天開始好了，我也沒那麼心狠手辣。」

「夠狠了好嗎？」

「下次送信，妳要掌握這份工作的本質。如果妳還是覺得離別郵務課只是在遞送不幸的話，我就以指導者的身分開除妳。」

小雨前輩說著，跨上自行車，做好出發的準備。我預感到又要被拋下，設法緊咬不放。我再也不想跑上七公里了，我要趁機搶走自行車，就這樣騎回去。

「第二條規則，『信送達之前不許回去』。好好要對方簽收啊。」

「真的有這種規則嗎！不是為了整我而當場想出來的吧！」

「拜，回程也加油吧。」

我又被一個人拋下了，公寓房間裡依舊傳來男子的呻吟。如果要在這樣的狀況寫信給誰，我開頭一定會這樣寫：

前略，這份工作真不是人幹的。

4

早晨從窗口業務開始。雖然窗口分成郵務、保險、儲蓄、其他，但基本上窗口人員要能處理所有的事務。

郵件收費、保險規劃提案、郵儲查詢方法等等，與其說是業務，倒不如說是雜務。全部做過一輪，覺得流程都記住了，上頭卻說規定有修改，結果流程、地點、服務內容等等，全部都要重新學過。櫃台體型富態的女前輩坂下說這種情形很常見，聽得我頭都痛起來了。

上午就這樣結束了。正以為完成一件大工程了，但對我來說，接下來才是重頭戲。

離別郵務課的工作，配送道別信，替寄件人傳遞道別的工作。

接到道別的消息，任何人應該都會感到難過，難道這不算是在配送不幸嗎？起碼我最近的親身體驗讓我如此感覺，但小雨前輩卻說不是，叫我看清本質。

然後他把一封道別信託付給我。

換上送信的制服後，我想去離別郵務課辦公室報告一聲我要出發了，跑過去露個臉，結果一開門就跟小雨前輩四目相接了。

「放心吧，雖然說交給妳了，但我完全不抱期待。我可以想像妳為了快點結束工作，滿腦子只想著要到簽收，無法安撫收件人的慌亂，束手無策，最後抱頭呻吟的樣子。」

對於即將出發的新人，而且是應該要指導的對象，居然能說得這麼不留情面，實在讓人佩服。

相對地，千鶴就不一樣了，她很擔心我。

「路上小心喔！不要焦急。還有，請收下這個，是護身符。我第一次送信的時候也滿慘的，不過連我都能成功了，佐佐羅姊一定能輕鬆勝任！」

「謝謝，千鶴。不過這是保佑學業成績進步的。」

「對不起！啊，我又搞砸了。第一次送信的時候也是這樣呢，那次真的很讓人難過……嗚咕、嗚咽……」

最後又哭了出來。

我語帶挖苦地對新田部長說：

「朋友、熟人、家人、男女朋友，感覺有很多人會利用道別信服務呢。」

「託大家的福，業務蒸蒸日上。對了，不只這裡而已，全國有幾處相同的事業部。反過來說，這裡是全國屈指可數的幾處事業部裡，難能可貴的其中一處！我們要為此感到驕傲！」

新田部長像這樣躲過我的挖苦，笑著揮手目送我。

我繞到郵局後面，跨上藍色自行車。坐墊很高，是配合小雨前輩的身高，所以我重新調過。要送的信塞進後貨架裡的郵件袋裡。

「總之，目標是拿到簽收！」

好，出發！

抵達的目的地，是車站附近最近才剛落成的大廈。如果只裁切這一帶的景觀，完全可以媲美東京。我按下住址上的二〇三號室的門鈴，等待回應。等待期間，我看了一下道別信，收件人姓名是今井奈奈，也就是女的。寄件人是東堂一郎，是男的。

『哪位？』

回應的女聲一聽就知道心情不好。別退縮！

「您好，呃，我是逗葉郵局，是來送信的。」

『丟進信箱就好了。』

「這是必須親送到您手上的信……」

沒辦法好好說明，教人焦急。儘管對方警戒了一下，但最後還是為我解除大門門鎖了。我入內上去二樓，找到二〇三號室，再次按門鈴。

對方立刻應門了，是個髮梢鬈翹的黑髮女子，臉上的妝一看就知道正畫到一半。比想像中的更年輕，大概二十二歲左右，搞不好跟千鶴一樣大。

「什麼事？我很忙，可以快一點嗎？」

我想起小雨前輩昨天說的話，應該有告訴收信人的定型句才對。

我做了一次深呼吸，遞出信說：

「您好，午安，我是離別郵務，為您送來您的道別。」

「嗄？什麼跟什麼啊？」

「……」

沒事，別氣餒。我就是料到會有這種情形，才帶了郵局裡的離別郵務課的廣告單過來。我也不認為這個城鎮的每一個居民都知道這種服務。

我若無其事地將信件隨著傳單一起遞過去，說明：

「我是來配送道別信的。我們事業部的服務，是代替這封信的寄件人來傳達道別。這次的案例，就是替寄件人東堂先生，來向今井小姐傳達道別。」

說到一半，變成是在整理給自己聽，但今井小姐並不關心，仔細地閱讀廣告單上的服務內容。讀完的時候，她的肩膀已經在發抖了。我準備好簽收卡。

「那、那是怎樣？這是一郎寄的？他想要跟我分手，所以寫信給我？」

「呃，是的，就是如此。那麼，信我送到了，可以請您簽收嗎？」

「他不敢自己送，所以把信交給你們嗎？一郎怎麼會說要跟我分手？信上寫什麼？」

「礙於規定，我們不能查看信件內容，因此不清楚。那麼呃，請您簽收。」

「開什麼玩笑！他怎麼可以這麼自私！」

「呃，請您簽收……」

「這種東西我才不收！」

今井小姐使勁——用男人不知道少女能使出來的蠻力——

嗤嗤……嗤嗤……地。

就在我的眼前，豪邁地將那封信撕破了。這時，我的思考也終於停止了，信變得愈來愈細，化成碎片飄落到地上。呃，這種時候該怎麼辦才好？小雨前輩好像說過信送達之前不許回去，但現在信正順利地化成碎片，而既然化成了碎片，已經不能叫做信了，這樣可以嗎？

「妳也給我滾！」

門「砰」地一聲甩上，風壓把紙花捲了起來，信件殘骸乘著風在我的身邊飛舞。我覺得好像被「慘」這個字給狠狠地打了一巴掌。

我半句話都說不出來，一切就像字面所形容的，化成了碎片。

我只能抱頭呻吟。

回到離別郵務課時，不巧的是所有的人都在。第一個出聲的，就是我最不希望他出聲的人：小雨前輩。

「信送到了嗎？」

「變成紙花了。」

「什麼？」

我把帶回來的所有的信件碎片撒到桌上。「噫！」千鶴尖叫，小雨前輩受不了地倒在椅背上，新田部長一如往常地笑：「這也太慘了。」我全都撿回來了，起碼也該稱讚一聲吧？

「這種情況該怎麼做？」我環顧周圍問，每個人都低下頭去。

「簽收卡上簽名了嗎？」新田部長問。

「對方不肯簽，她發飆說她才不收這種東西。」

「一般投遞絕對不可能發生郵件遭到收件人損毀而無法送達的狀況，這是只有『離別郵務』才有可能遇到的情形呢。」千鶴補充說。她願意設身處地為我擔心，真是太窩心了。雖然過度帶入感情，感覺又快哭出來了。

「我瞭解狀況了，既然還沒有簽收，那就很明顯了。信件的責任還在我們身上，換句話說，在形式上，是妳還沒有把信送達給對方的狀態。」

「就算你這樣說，信都被撕爛了……」我還沒說完，小雨前輩一根指頭已經指了過來，筆直地、就像要射穿我的眉心似地。

「妳要負責修復。親手修復，讓它完整地恢復成一封信的形態後，再次投遞。」

「怎麼這樣！」

小雨前輩太過不會帶入感情了。看到爛成這樣的紙片，他怎麼能說出那麼殘忍的話？

「可是要把信修補成原狀，就會看到內容喔？總不可能叫我光靠沒寫字的背面來拼湊吧？」

聽到這話，就連小雨前輩也不得不沉默了。負責的信件，應該要盡速送達才行。即使沒有明文列入規則，這一定也屬於常識範圍。但如果要拼好白紙拼圖，不曉得要拼到何年何月。

新田部長打破了沉默：

「這次就破例允許妳閱覽信件內容吧，不過不可以洩露出去，懂嗎？」

「那樣的話，或許還有辦法……」我勉為其難地回答。

小雨前輩嘆氣：

「我從來沒聽過送信第一天就打破規則的。」

「別這麼嚴苛嘛，這都是為了把信送到，最後對方一定也會諒解的。」

我正想新田部長真好心，沒想到他立刻給了我三天內修復並送達的期限。真教人不懂他是寬容還是嚴格。

我不經意地與小雨前輩對望，他立刻惡狠狠地瞪回來。啊，這個人真的很好懂。

「快點搞定啊，要是信沒送到，身為妳的指導者，我也有責任。」

「那你就幫忙啊。」

「那是交派給妳的差事。」

「不是交派，是硬塞吧！」

「有空耍嘴皮子，還不快點動手。就算是蝸牛腦，不眠不休全力運轉，也還稍微趕得上人類吧？妳明白要是做不到，會有什麼後果吧？」

再爭辯下去也不會有結果，我不讓他聽見地喃喃敷衍：

「……反正你一定是預料到這封信會有麻煩，才把它塞給我的，你早就依稀察覺會發生這種事了。外表長得好看，真的更會突顯內在的醜陋呢。」

「妳說了什麼嗎？」

「不，沒事。」

「哪像妳，不只內在，連外在都醜陋。」

「你明明就聽到了！」

如此這般，我為了保住飯碗，展開了命懸一線的拼圖大作戰。

一眨眼就到了下班時間，所有的人都回去以後，我繼續奮戰了兩小時，但成功修復的只有外側。這真的就跟玩拼圖一樣，而在我的人生當中，從來沒有完成過一整幅拼圖的經驗。

專注力終於耗盡，我決定回家。郵局本身五點就打烊了，局裡一片漆黑。門窗說是會計會負責關，所以我不用管。這麼說來，在東京的公司，也是會計人員的我留到最後負責關門窗，真是一點都不重要的回憶。

走出戶外，進入寒冷季節前的向晚微風舒緩了我的身體，工作結束後的下班時間果然爽快。雖然加班了，但固定的下班時間很早，這點真的很棒，甚至還有力氣盤算要在回家途中繞去超商買點吃的。不過走著走著，從住宅區進入泥土與混凝土交雜的鄉間道路後，我終於死了心。這裡已經不是隨便走幾步路就有超商的大都會了。

沒多久太陽西下了，我將一盞盞像島嶼般浮現在地面的路燈光圈當成大富翁的格子行走。主題是人生，這一格是上高中，下一格是上東京，然後是大學生活，畢業、就職、被男友拋棄、被公司掃地出門、回故鄉，來到現在。

下一步是什麼？如果最後沒能解決問題，遭到開除，那就好笑了。現在的我，真的很有可能落得這種下場。

儘管變得自虐，但我稍微思考了一下眼前的問題。

道別信。

寄件人是男的，東堂一郎，應該是那個女生的男友。這次的道別信是寫給女友的。

兩人怎麼會鬧到要分手呢？

一起去送信時，小雨前輩說寄件人是連親口傳達自己的意思都做不到的軟弱傢伙。讓這個東堂一郎變得懦弱的，到底是什麼呢？

沒有勇氣去見本人，親口傳達，但又並非冷酷到只用一則分手簡訊輕易打發。是什麼樣的理由，讓他選擇了「道別信」？

與其想像從未見過的東堂先生的苦衷，在見過一次的今井小姐身上尋找原因或許比較快。我將思考轉移到今井小姐身上。

看到東堂先生寄來的信，今井小姐大驚失色，也許她完全沒料到會收到這種信，因為東堂先生完全沒有透露出半點要分手的徵兆。因為這是她最料想不到的情形。

我想起她撕信的動作。看起來瘋狂而粗魯，但動作意外地纖細。她一直撕到最後，確實地、規則地撕，一路撕到無法再撕，也許她是個手很靈巧的人。

「其他還有……唔，她是個怎樣的人呢？」

她沒有染髮，頭髮是黑的，只有髮梢帶點鬈度。聲音呢？有點高，感覺自我主張很強，但也不是太招搖的感覺。

「喂！小姐！」

對對對，就是這種聲音。

嗯？我停下腳步。應該是腦海中想像的聲音竟從現實世界、而且就在身後傳來，讓我覺得納悶。

我有了不妙的預感，回頭一看，前一盞路燈的光圈中就站著今井小姐。嗄！當我驚叫的時候，她已經逼近過來了，大步流星地，一眨眼就逼近了，簡直就像恐怖電影。

「欸，我從剛才就一直打給一郎，都打不通！傳簡訊他也不回！到底是怎樣？」

「現、現在是下班時間！不提供服務！」

「別想跑！」

今井小姐用可怕的蠻力一把揪住我的肩膀，她不停地四處找我的精神力令人膽寒。身心都如此強大，卻讓男朋友給跑了——要是這樣說，她一定會更火大吧。不過這麼說來，我也沒資格說人家。

「妳想想辦法啊！都是妳拿那種信來，才會變成這樣！」

「就算妳這樣說……」

「而且什麼道別信，這根本不可能。我們超順利的好嗎？不久前我才做晚飯給他，還過著形同半同居的生活，怎麼會突然變成這樣！」

眼前的今井小姐逐漸情緒失控。即使一身承受著她的憤怒與驚慌，我依然十分冷靜。她應該完全就是上個月之前的我。

我以為我們不可能分手。

我根本不曾預期這樣的未來，也不懂自己哪裡做錯了。

單方面地、連個理由都沒有，人就這樣消失了。只得到短短一句簡訊，就這樣被宣告結束。

如果今井小姐有什麼地方跟我不同，那就是起碼她得到了一封信，而不是簡訊。那是確實的、有形的事物，是男友親手以自己的字跡寫下的訊息。

「我想一郎先生應該把分手的理由寫在信裡了，我正在修復那封信。我會再送信過去，到時候請妳收下吧。」

「如果信裡沒寫的話呢？」

「如果沒寫，我會查出來。」

「如果查不出來，我會宰了妳。我會一直糾纏妳，直到查清楚為止。」

「我、我知道了。」

即使說要宰了我是虛張聲勢，但從她的個性來看，我覺得她真的會糾纏不休。之前我才開始在想，最糟糕的情況可能會丟飯碗，但這下真的成了迫切的危機。已經無路可逃了，沒辦法像從東京逃回這裡那樣，逃去別處了。

今井小姐似乎還有話想說，但見我死心覺悟的樣子，似乎暫時滿足地離去了。

回家後我泡了澡，享用母親為我包上保鮮膜的晚餐。母親問：「工作是不是讚透了？」我應：「上司爛透了。」至於被工作上遇到的人跟蹤騷擾的狀況，我就略過不提了。

睡前我鑽進被窩裡，打開手機看了一下。返鄉以後，有件事我一直沒有深思，嚴實地封印起來，與今井小姐說過話以後，它又再次浮上心頭。公太郎，後來他沒有傳簡訊，也沒有打電話來。

我從連絡資訊裡找到公太郎的名字。因為有備份資料，所以他的資料也都還在。不管是簡訊還是電話，後來都沒有連絡，但我手上有他的連絡資料。反過來說，我隨時都可以連絡他。

我闔上手機，就這樣閉上眼睛。

「就算說要追查……」

被窗口業務搞得疲累萬分後，接著投入離別郵務課的工作。我現在的工作主要是修復信件，連全部的三分之一都還沒有拼好。光看文字的片段，應該不是今井小姐所擔心的「什麼都沒寫」的信。

我試著從撕破的文字片斷猜測文章，但由於未能掌握內容，這也很不順利。有「性地」、「魅力」，其他還有「生日」等詞彙，甚至有乍看之下不像要分手的字詞。

一眨眼就到了下班時間。千鶴深深行禮，離開辦公室。新田部長和小雨前輩邊討論工作邊離開，又剩下我一個人了。

送信的期限是明天。

就在我覺悟今天也得加班時——

房門打開，小雨前輩回來了。

我們對望了，但彼此都沒有開口。我以為他來拿忘記的東西，沒想到他竟在我對面坐了下來。

我正想默默專心修復，但眼角瞥見他直盯著我看，根本專注不起來。這傢伙幹嘛？是來礙事的嗎？想要用沉默的壓力來攻擊我嗎？還是老樣子，卑鄙極了。

「妳有男朋友嗎？」

「……嗄？」

「妳有男朋友嗎？還是以前有？」

「這是性騷擾，難不成前輩對我有意思？你在等辦公室只剩下我們獨處的機會嗎？是想要趁機強吻我嗎？」

「少鬧了，與其吻妳，我情願去吃蟲。」

「居然講這種話！」

既然如此，我決定無視他，再次重返作業，但小雨前輩堅持要聽到我的回答。我愈來愈搞不懂這個空間的氣氛到底是怎麼回事，無可奈何地應道：

「以前有啦，最近分手了啦，我在東京被甩了啦。」

「原來如此，真的是遭遇挫折而回來的啊。八成本來有工作，被開除了之類的吧。同時丟掉工作和男友，失去打拚的意義，敗下陣來了是吧。」

「你到底是回來做什麼的啦！」

聽到我的吐槽，小雨前輩輕笑起來。這麼說來，我第一次看到他笑。

「別生氣，我也沒打算要回來的，是新田部長叫我給妳一些建議，我才勉為其難地過來的。」

「你只是來性騷擾跟罵人而已。」

「接下來才是建議。」

小雨前輩接著說。

「聽好了，這次的道別，狀況並不複雜，原因是只要交過男女朋友的人都經驗過的事。儘管難以親口傳達，卻又無法冷酷到只用簡訊說分手，線索就在這裡，妳已經看出答案了吧？」

只要是交過男女朋友的人都經驗過的事，那是什麼？是這年頭流行的花心？不對，移情別戀的話，一則簡訊就夠了，如果是因為移情別戀而寫下的道別信，內容應該是賠罪。而既然是會體恤對方而寫信的人，根本就不會移情別戀。如果寫信要求原諒也就罷了，但這是「道別信」，是傳達道別的信，所以也就是——

「同情……？」

答案浮現腦海。我根據導出來的假設，配合主題地拼湊拼圖。結果先前想破腦袋就像假的一樣，順利地修復出內容了。我持續維持專注，直到最後一刻。

「完成了！」

一小時後，修復完成了。我歡呼的同時站了起來，順便伸個懶腰。

回神一看，小雨前輩不見了。好像趁我道謝之前先跑了，但前面擺了一罐咖啡。我剛好真的很想來點咖啡，覺得開心極了。

「什麼嘛，其實他意外地人很不錯嘛。」

居然這麼貼心，總覺得稍稍對他另眼相看了，我就感激地享用吧。

我開心地拿起咖啡罐，覺得罐身輕得不太對勁。仔細一看，拉環早就打開，被喝得一乾二淨了。

我把咖啡罐甩進垃圾桶裡。

5

我一早就打電話給新田先生，請他同意我直接去今井小姐家送道別信。新田先生要我把窗口業務改到下午，同意我去。我早就料定新田先生會同意，已經把送信制服帶回家了。

換好衣服正要離家時，母親邊咳邊走了過來。她一看到我，咳嗽瞬間止住了，愣住的那模樣有點好笑。

「小鈴，現在的工作怎麼樣？感覺可以做下去嗎？」

我猶豫了一下說：

「要看今天吧，我出門了。」

離家之後我跑了起來。我將郵件袋繫上了肩背繩，以方便攜帶，裡面裝著修復完成的信件。

我走走停停，花了三十分鐘抵達目的地的大廈。在大門按下二〇三號室的門鈴，今井小姐的聲音回應了。

「我是離別郵務課的佐佐羅，來送信給您。」

大門打開，我進入大廈。走上二樓，今井小姐已經開門在等了。

「那，信修好了嗎？信上寫什麼？」

我沒有回答，從袋中取出信來。背面被透明膠帶貼得縐巴巴的，不過希望她不會計較，因為我覺得現在讀到內容才是最重要的。

「上面寫了一郎先生為何會想要和今井小姐分手的理由，也就是他不再與您連絡，離開您身邊的理由。請您讀信吧。」

今井小姐輕輕地，就像觸摸某種火燙的物體似地接下信件。她慢慢地展信閱讀。

以結論來說，我的假設並沒有錯。拼湊的時候無可避免地會看到信件內容，所以文章我都記起來了。

信上是這樣寫的：

奈奈：

送信的郵差或許會告訴妳，這是一封道別信。

抱歉我無法親口告訴妳，但是我認為對於我們現在的關係，用這封信來道別是最好的。

我再也沒辦法愛妳了。雖然我有許多想要說的事，但最關鍵的原因，還是今年我忘了妳的生日。

妳的魅力，在我的內心漸漸地淡去，這讓我難以原諒我自己。以前我可以笑著不予計較的妳的缺點，最近卻讓我非得叨唸個幾句才能罷休。

這樣說或許很娘娘腔，但我對妳的愛情已經變成了同情。比起愛慕妳的感情，我更開始擔心萬一和妳分手，妳就太可憐了。我因為不想傷害妳，對妳說話也變得小心翼翼。

我們也不再討論將來，所以我認為必須在惰性地交往下去、變得無可挽回之前，在這時候做出了斷。對不起，請原諒我。

一郎　筆

P.S. 妳不需要任何改變。

讀完的時候，今井小姐的肩膀顫抖起來。感覺若不扶住她，她隨時都會倒下去。

但傳達給她了。寄件人的意思千真萬確地傳達給她了。配送道別信，一定也就是這麼一回事。

「就像信上說的，我想一郎先生會向今井小姐提分手，是因為他對您的愛情轉變成了同情。如果不陪著她，她就太可憐了；如果不能滿足她的要求，她就太可憐了——因為這樣想的頻率增加了。」

比起愛對方的時間，同情對方的時間變得更多，這令他無法忍受了。

如果以精簡易懂並廣為流傳的詞彙來形容，這就叫做「倦怠期」。實際情形各人不同，相當複雜，但這是任何情侶都必定會遭遇過一回的、極高的牆壁。

「一郎先生認為與其像現在這樣，無法真心去愛對方，而是惰性地持續交往下去，倒不如分手的好。」

「可是為什麼他不肯直接來跟我說……？」

今井小姐以沙啞的聲音求助似地問。她悲傷欲絕，感覺隨時都會絕望得哭出來。

看到她那副模樣，一陣憤怒湧上心頭。不，不對，不是憤怒，而是更不同的感情。

我回答的口吻自然地變重了：

「您不懂嗎？是因為如果見到您，他會痛苦得無法開口。因為雖然他無法再愛您了，卻還是一樣喜歡您這個人。沒錯，他確實很自私，但他會選擇這樣的道別方法，一定也是出於為您著想的心情。」

拿今井小姐和自己相比較時，我還是會情不自禁地滿腔不甘。我把自己和她重疊在一起，其中的落差讓我無法忍受。

身為送信人，也許這時候應該要冷靜地傳達道別，或許應該要站在第三者的立場，公平地傳達事實，但是我做不到。我太不成熟了，我無論如何都非得傾吐出自己的心聲不可：

「哪像我，我前男友連一句話都沒有就消失了，連個像樣的理由都沒有，單方面地宣告分手。我被他隨隨便便地、連他在想什麼都不知道地，就這樣被拋棄了。世上都有這樣的人了，但今井小姐的男友確實地留下了解釋不是嗎？他以信件這樣的形式，傳達給您了不是嗎？」

今井小姐認真地聆聽了我情緒性的發言，所以我把話說到了最後。

「求求您，不要把這件事當成悲劇，不要因此而崩潰絕望，否則我——我們簡直慘到谷底了。」

我說完的同時，今井小姐慢慢地坐倒下去。我扶住她的身體。

她沒有像小孩子一樣嚷嚷或大聲哭喊，只是靜靜地、順其自然地落下淚來，但讓她流淚的並不是絕望。

「他並不是討厭我了呢。」

今井小姐拭去淚水，想要站起來，我把她扶起來。她重讀信件內容，最後笑了。

「他真是個體貼的人。」

一段沉默的時間，就像在接受這段離別。

我意識到某處傳來的時鐘滴答聲時，今井小姐收起信件，站了起來。她拭去淚水，表情堅定地轉向我，然後伸手像在索求什麼東西。

「簽收。」

「咦？」

「叫妳把那張卡片給我，簽收啦！不是要簽名嗎？」

我急忙取出卡片，她簽完名後，這次換我用提心吊膽的動作接下卡片。

我們對望了，我和今井小姐忍俊不禁，同時笑了起來。

「佐佐羅小姐，謝謝妳。希望下次可以私下碰面，要不要一起喝個茶，聊聊失戀經？」

「我很樂意。」

結果直到最後我們都無視年齡差距，我用敬語，對方則是用平輩語，但我已經不在乎了。直到今天，我才第一次知道原來世上竟有如此大快人心的事。

我離開大廈，慢慢地前往郵局。

途中我打開手機，長長地吸了一口氣，然後從連絡資訊叫出公太郎的名字，按下刪除鍵。看到「已刪除」的訊息時，才用力地吐出憋住的氣。

我將變得輕盈的手機收起來，往前跑了出去。

回到郵局，我在櫃台人員的白眼目送下，目不斜視地前往離別郵務課的辦公室。因為太想快點報告了，走到一半變成用跑的。

上了二樓打開辦公室門一看，新田部長和千鶴在裡面，好像剛好都在休息吃午飯。新田部長第一個向我揮了揮手。

「佐佐羅，辛苦了。怎麼樣？」

「小雨前輩呢？」

我尋找唯一不在的成員。真是的，怎麼這種時候偏偏不在啦？正當我開始不耐煩時，背後傳來聲音：

「不要邊喘氣邊說話，房間裡都充斥妳多餘的二氧化碳了。」

回頭一看，小雨前輩正用受不了的眼神俯視著我。唯有這一刻，連他的罵聲都令人愉悅。

「不好意思喔。還有，昨天謝謝你啦。要是沒忘記把空罐拿去丟，就是個完美的男子漢了。」

「對於不會當場道謝，完全忽視我只顧著修復信件的沒禮貌傢伙，這樣剛剛好。看來飯桶一次只能處理一件事呢。」

「是不是飯桶，先看過這個再說。」

我取出簽了名的簽收卡，亮了出去。我就是想要做這個動作、想要第一個讓這傢伙瞧瞧，才一路用衝的回來的。

小雨前輩沉默了半晌。啊，真爽！就好像幸福的能量逐漸充滿全身，精力充沛，疲勞飛到九霄雲外。

我趁勝追擊地對小雨前輩說：

「之前我說這工作是在配送不幸，但我要撤銷這句話。」

小雨前輩說寄件人是「連親口傳達自己的意思都做不到的軟弱傢伙」，但那並非單純的責罵。背後的意思是，「我們就是為了這種人而存在的」，只要世上有這樣的人，離別郵務課就會永遠存續下去。

而被宣告離別的對象就一定會不幸嗎？並非如此，今天看到的今井小姐的眼淚，絕不是悲傷崩潰而流下的淚水。

「離別帶給人們的，絕對不只有悲傷和痛苦而已，對吧？」

聽到我的答案，小雨前輩「哼」了一聲。

「暫時就先讓妳保住飯碗好了。」

「能決定要不要開除我的，應該是事業部長的新田先生吧？」

「不對，是指導者的我的職責。那，妳怎麼打算？」

「怎麼打算？」

「我是不開除妳，但妳自己還想繼續做下去嗎？」

還想繼續做下去嗎？

在這個超乎想像而瘋狂的職場。

送信給今井小姐時，有一股情緒湧上心頭，然後我瞭解到本以為只有寂寞與悲傷的離別，還有另一張面孔，結果這讓我能夠去面對與公太郎的離別。

我重新體認到將心意傳達給別人有多麼困難。

對於傳遞離別的這份工作，我怎麼想？

「我不喜歡半途而廢，業務也才剛接觸到一點點而已。如果可以，往後我還想繼續在這裡工作。」

我聽見「啪！」的一聲，是新田部長與千鶴擊了個掌。有人為了自己留在這裡而開心，讓人打從心底感到欣慰，我忍不住笑逐顏開。

「其實我想要辦個歡迎會，順便慶祝佐佐羅第一次投遞成功。」新田部長說。

「我們已經預約了站前的居酒屋喔，太好了，不用取消預約了。」千鶴說。

「小雨前輩也要來吧？這是咱們團隊的歡迎會。」

「我想回家看租的影片……」

「前輩會來吧？」

「……好啦。」

我第一次看到小雨前輩屈服。雖然愛哭，但也許千鶴意外地是個很強悍的女孩。

小雨前輩頂著一張惱恨的表情，擺出一副最後給我忠告的模樣，走近過來：

「妳要繼續做是妳的自由，不過可別再像這次這樣惹麻煩了，要自己想辦法解決。」

「我的指導者是小雨前輩，所以我犯的錯，也是小雨前輩的責任嘛。天哪，不得了了！我要捅出什麼婁子來才好呢？」

我們互瞪起來，目不轉睛地瞪著對方，就好像先別開目光的人就輸。

過去無聊到家的人生、渾渾噩噩地度過的每一天。

直到不久前，我才剛失去了一切勉強維繫的目的和目標，以為接下來就只能不斷地腐朽，以為自己的未來只有腐朽並消失。

但是在這裡的話——

「還請前輩多多鞭策指導！」

應該結束的故事，再次揭幕了。

第二章
「謹此，母親和女兒」

1

「喂，佐佐羅！是妳吃掉了冰箱裡的布丁對吧？開什麼玩笑，那是我的欸！」

小雨前輩嚷嚷著走了過來。平日他總是挖苦或牢騷，但今天純粹是爆炸了。

他還故意從垃圾桶裡撿起我吃光的布丁盒，用力往我的臉頰上戳。真是失策，雖然不曉得是誰的布丁，但萬萬沒想到會是小雨前輩的。我心想不管是千鶴的還是新田部長的，再怎麼糟糕都還是會原諒我，卻怎麼也料想不到居然會是這傢伙的。欸，布丁耶？

「誰叫你要放在辦公室裡的冰箱？我還以為是人家送的禮物剩下的。」

「盒底不是寫得一清二楚嗎！我的名字！小雨秋鷹！妳識不識字啊！」

「寫得太小了吧！為這種事火冒三丈，你心眼也太狹窄了吧！」

「看我當場把妳的髮夾折斷喔？狹窄的是妳的視野吧？」

「而且為什麼一口咬定是我吃的？你有什麼證據嗎？」

「妳嘴巴上的布丁渣！這個人渣！」

我慌忙擦拭。一渣兩罵，儘管是敵人，但如此高超的叫罵技巧還是令人讚佩，雖然這無關緊要。

「我要告妳竊盜！居然吃掉我每日業務動力的點心，罪不可赦。我要告上法院，狠敲一筆損害賠償……」

氣到神智不清、開始胡言亂語的小雨前輩這時看到我的電腦螢幕，忽然住嘴了。我心想不妙，但已經遲了，小雨前輩一把搶過電腦螢幕細看。

我正在製作的是報告書。離別郵務課的成員有義務將每次的投遞結果逐一寫成報告，交給新田部長。當然也會口頭報告，但新田部長基本上是透過報告書來管理各個案子的投遞進度。

而我正在寫的報告書是——

「妳今天的投遞失敗了嗎？妳到底要蠢到什麼地步才甘心？」

「囉、囉嗦啦，我覺得很抱歉好嗎？」

「真是個只知道偷吃別人食物的無腦蒼蠅。」

「就說很抱歉了嘛！」

我也忍不住站起來，兩人都準備好抓準機會，隨時開打。新田部長安撫地說著「好啦好啦」，居中調停，害怕的千鶴見狀鬆了一口氣。

「對了，是怎樣的案子？」新田部長問。

我說明剛才發生的事。

來到郊區後，這一帶的公寓再怎麼客套都稱不上美觀。幾乎都是勉強還維持著建築物樣貌的物件，不過這次投遞的公寓更是鶴立雞群。

整幢建築物布滿了爬牆虎，社區內鏽蝕的架子上的盆栽，每一盆都枯死了。這要是位在東京，或許會有某些做作的ＩＴ企業拿來改建成分享辦公室，但位在鄉間的話，已經完全是廢墟了。

我懷疑這裡真的有人住嗎？但發現二樓只有一戶掛出名牌。「一鄉忠司」，這個人正是收件人。

既然是道別信，當然代表離別也要造訪這個人。是認識的人嗎？女友嗎？朋友？還是家人？最讓我感到不可思議的，是寄件人的部分。

寫給一鄉忠司的道別信，寄件人就是「一鄉忠司」本人。換句話說，這是自己寫給自己的信。到底是怎麼一回事呢？這個人沒有朋友嗎？

我有種麻煩的預感，因此決定趕快先準備好簽收卡。道別信是很敏感的東西，投遞、傳達固然很重要，但有時候最好不要有多餘的牽扯。

我想按門鈴，但連著電線的按鈕脫落，懸在半空中。沒辦法，我直接敲門。

「您好！」

「誰！這次換成女人嗎？居然派出自家店裡的商品來催？就說我付不出來了！」

裡頭傳來吼聲，是誤會了什麼嗎？

「這裡是離別郵務課，來給您送信的！」

一瞬間的沉默之後，是「咚咚咚」踩過走廊的腳步聲。我預測門會粗魯地打開，後退一步。

不出所料，門板猛地打開來，出現的是一個頭髮蓬亂、滿臉鬍碴的男子，聲音的印象與外貌如此吻合的人也真罕見。一鄉先生的肩膀一帶煙霧繚繞，可能直到前一刻都還在抽菸。

「誰？」

「您好，我是離別郵務，為您送來您的道別。」

我遞出一只和紙信封給他，一鄉先生的眼睛驚訝地瞪圓了。

下一秒鐘——

一鄉先生倏地竄過我旁邊，就這樣翻越扶手，跳下樓去。那身手之矯捷，就好像預先套好招一樣。

「拍警匪片啊！」

我忍不住吐槽。

「我不會收的！不要追來！」

「幹嘛要跑！這不是你寄給自己的信嗎！」

一鄉先生就這樣一溜煙跑掉，再也沒有回來。

「啊，怎麼，原來是一鄉先生啊。」

新田部長了然於心地笑道。既然他知道，事情就簡單了，我請他說明。

「他是親自來委託我送信的，叫我五年後把信送給他。這麼說來，原來是由佐佐羅負責啊。」

「意思是他委託把信交給五年後的自己嗎？是什麼內容？」

小雨前輩也表示興趣，看了看那封信。正面和背面的收件人和寄件人，都是「一鄉忠司」這個人的名字。

「打開來看看好了。」

「規定咧？規定到哪裡去了？」

小雨前輩把信放回桌上，就像在說「我開玩笑的」。我不希望有人再來動這封信，把它收起來。

新田部長繼續說：

「這個人在十年前出道成為作家，寫的是冷硬派小說，出版了兩、三本作品吧，但一直半紅不紫，為此煩惱。嗯，寫給五年後的自己的信的話，我想應該就是那種內容吧。」

是寫信鼓勵不紅的自己嗎？不對，這是道別信，也就是這麼回事。亦即，是要叫自己「別再當什麼小說家了」。

別人怎麼勸都聽不進去，既然如此，就用自己的話叫自己死了心。我擅自認為，這確實很像寫冷硬派小說的人會有的發想。這樣啊，所以逃跑的時候，才會特地做出翻越扶手跳下樓的特技動作啊，因為這樣很冷硬派。有夠無聊的啦！

這時千鶴拍了一下手，露出想起什麼的表情：

「說到寄信到自己的住址，高橋那邊也是呢。」

高橋。

聽到這個姓氏，新田部長和小雨前輩同時「啊啊」一聲，垂頭喪氣。小雨前輩發出比平常大上好幾倍的嘆息，就連平時總是慈眉善目的新田部長也露出苦笑。

「高橋是誰？」我問。

「這樣啊，今年也到了這個時期啦，得去送信才行吶。」新田部長說。

「我那時候也歷經了一番苦戰，坦白說，就只是拿到簽收而已，真教人氣憤。」連小雨前輩都難得做出消極發言。

「去年是我呢。真是，害我都哭慘了。」千鶴說。

呃，喂喂？

所以說高橋是誰啦？是何方神聖啦！

「快點告訴我啦，我一個人一頭霧水，沒辦法加入大家耶。我也算是這裡的一員吧？是夥伴吧——」

我傾訴說，但眾人早已充耳不聞。我想要踢個椅子突顯一下存在感，但那樣實在太幼稚了，還是作罷。

「那一戶的女兒很倔強嘛，也不是聽得進人勸的年紀，又不能撂狠話，是秋鷹也應付不來的類型呢。」新田部長說，小雨前輩點點頭。

「今年誰要去送信？」

千鶴說，全場一陣沉默。

然後所有的人都轉向我，動作整齊得就像說好的一樣，我直覺不妙。小雨前輩脫離三人圈圈，走向我來。住口！什麼都別說！

「今年妳去吧，佐佐羅。」

「果然是要推給我！我不曉得那是誰，可是那個叫高橋的在我心目中已經變成超危險人物了！」

「桐生，這次妳也一起去吧。去年的負責人是妳，妳要以前輩身分好好教她。」

「等一下！這太狡猾了，小雨前輩！你不是指導者嗎？」

「我也沒辦法永遠顧著這個廢物，這回妳就陪她去吧，好嗎？」

「好壞，只有這種時候才擺出前輩嘴臉，爛透了……嗚嗚、嗚咽……」

千鶴哭了起來。儘管抗議，情勢卻逼人不得不接受。然後，當然我也即將變成那個高橋某人的負責人了。

「喂喂喂，先等一下。我連一鄉先生的案子都還沒解決耶？」

「那個人沒關係，遇到的時候再追上去就行了。」新田部長說得輕鬆，什麼跟什麼啊？

小雨前輩把手搭到我的肩上，就像在叫我認命。他的手與我的肩膀之間不知不覺夾了一封信，「噫！」我尖叫，但信已經塞了過來。

「要是成功投遞，布丁的事就一筆勾銷。」

2

霸道又隨便、看到別人痛苦也無動於衷、只不過是被吃了個布丁就暴跳如雷的小氣鬼小雨前輩整理了一份「離別郵務課」的規則，而優雅靈巧、看到別人有難便忍不住要伸出援手、擁有德蕾莎修女也要嫉妒的寬宏大量、只有腿部修長得媲美模特兒的我再將它簡略了一些：

一、投遞人絕對不可以拆閱道別信，亦不可以審閱。※但偶有例外。

二、道別信應由投遞人親手交付收件人，此時務必要請收件人在簽收卡上簽名。

三、遞送道別信並非遞送悲傷，理想上最好妥善處理，讓收件人接受。

因此，今天我也要好好地遵守規則。

老實說，我第一次的投遞有點過於特殊，之前的一鄉先生也是如此。不過既然要做就要做好，希望這次會是一場完美的投遞。

而且這次有千鶴作陪，心地善良的她一定能為收件人設身處地，她的做法，我務必想要學習效法。最重要的是，旁邊沒有小雨前輩，讓人神清氣爽。跟可愛的女生走在一起，感覺就好像在約會一樣，別以為只有男生才會為可愛的女生怦然心動。

這次送信的地點在三站以外的地方，這個距離讓人不想騎自行車，當然也不想用走的，所以我們決定搭電車。

「真不敢相信，只不過是被吃了一個布丁就氣成那樣，他的肚量一定也跟布丁杯一樣小。」我對旁邊的千鶴說。

「沒、沒這回事……」

千鶴答道，肚子咕嚕嚕叫了起來。她羞紅了臉，眼眶泛淚，我急忙把她拉去站前超商。

「對不起，我還沒吃午飯。」千鶴說著，一小塊一小塊撕著買來的麵包放進嘴裡。坦白說，如果不是千鶴長得可愛，這種吃法真的很教人不耐煩。

中午時間的電車空蕩蕩的，也許不只是中午時間，而是隨時都這麼空。我們隨便找了位置坐下，一起在車廂裡搖晃著。我看著窗外遠去的城鎮。

因為不能脫掉制服，所以也不好坐得太邋遢。對現在的我來說，這身郵差制服的功能就如同套裝一樣。

「這麼說來，千鶴，妳怎麼會做這份工作？」

「簡單地說，算是報恩……我本來就是當地人，我受到許多人的關照……」

「咦，我也是耶，搞不好我們小時候曾經在路上擦身而過。」

「現在可以像這樣一起共事，真令人開心。畢竟佐佐羅姊人這麼好，真希望可以早點認識。」

她應該目擊過好幾次我和小雨前輩互槓的場面，怎麼會有我人很好的想法？我聽了傻眼，但千鶴這話似乎是有根據的。

「離別郵務課的業務，心地不好的人是做不來的。」

「不不不，新田部長確實是這樣，但小雨前輩心地哪裡好啦？」

「哪裡喔……」千鶴苦笑著繼續說。「其實他人真的非常好的。」

「應該是只對妳好吧？雖然是隱約這麼感覺，不過妳好像很知道要怎麼惹人疼。」

我這話是稱讚，但對方聽了或許會覺得是在挖苦。我急忙想要訂正，但千鶴靦腆地「嘿嘿」一笑，搔了搔頭。這要是東京的女孩，我剛才那句話應該已經讓兩人的友誼出現裂痕了。

「我從小就受到許多人關照，不只是父母，還有街坊鄰居等等，我一直想要向大家報恩。上大學的時候，我暫時離開了故鄉，但一直打算要回來。實際回來以後，我思考能對故鄉做出最多貢獻的工作是什麼？然後想到了郵局。」

「確實，郵局可能是與鎮上的人交流最頻繁的工作。」

「雖然我沒有想過會開始送道別信。」

「那是因為千鶴是個好心的女孩。」

「嘿嘿。」千鶴又害羞地笑了。

我們走出車站，進入住宅區。雖然距離三站之遠，但印象與我們的小鎮沒什麼不同，甚至覺得這裡的人口外流得更嚴重。

千鶴去年送過信，知道住址，所以由她帶路。

繼續這份工作的理由，我忽然思考起各人的狀況。千鶴是出於對故鄉的情感，新田部長一定是因為稍微提過的上一代。

「那小雨前輩呢？他怎麼會在郵局工作？」

「我是知道他不是當地人，這麼說來，他沒有詳細說過呢。」千鶴邊想邊回答。

就連親近的同事千鶴都不知道小雨前輩的詳細經歷，確實，他不是那種會主動談論自己的事的人。

「感覺他去做高利貸比較適合，他一定會毫不留情地威脅恐嚇、用酸言酸語沒完沒了地凌虐對方。」

「這樣啊，會踹門之類的嗎？」

「然後踢到小趾頭，痛得半死又不敢唉出來。」

「哈哈哈！」

我和千鶴笑成一團，消除平日累積的壓力。

「好！咱們迅速請對方簽收，讓高利貸小雨前輩見識我們的厲害吧！」

「希望可以順利……」

直到上一刻都很歡樂的千鶴，表情卻開始消沉起來，我無法忽略她這種反應。

「接下來要送信的高橋，是怎樣的人？」

「鈴姊，我一直以為今天跟妳聊到的第一個話題會是這件事……」

「我第一個話題是什麼去了？」

「妳不停地談論被妳吃掉的小雨前輩的布丁。」

「對不起……」

千鶴意外地很嚴格，但她很快就恢復平日的溫婉氣質，為我說明：

「高橋家有三個人，父母和女兒。道別信是母親寫給女兒的。」

我從郵務袋裡取出和紙信封查看，收件人是「高橋美月」，寄件人是「高橋朝子」。美月是女兒的名字，朝子是母親，兩邊的住址都一樣。

「都住在同一個屋簷下，為什麼還要寫信？而且還是道別信。」

「母親已經不在人世了。」

「……啊，是這麼回事啊。」

朝子女士因為生病，得知自己來日無多，留下了信給女兒。她委託離別郵務課，每年一封，在女兒的生日寄給她，就像為年紀尚幼的女兒留下成長的路標。

朝子女士總共委託了九封信。女兒美月當時讀小六，也就是直到她成年以前的年數。

從朝子女士過世那一年開始送信算起，今年已是第四年了。

換言之，繼新田部長、小雨前輩、千鶴之後，第四封信由我來遞送。

「聽說朝子女士把信交給離別郵務課後，一個月以後就過世了。每年我們都送信給她的女兒美月，但她總是不願意收下。美月看起來好像在恨她母親，現在一定也是。雖然我很想設法，但要深入到什麼程度，也很難拿捏。」

「呃，等一下！這未免太沉重了吧！」

「可是已經到了。」

千鶴找著透天厝，冷不防停下腳步。我好像把「心理準備」這個詞給忘在哪裡了，好想折回去。

「怎麼不早點告訴我啦！」

「因為妳一直在說布丁的事嘛。」

我無可反駁。小雨前輩不在旁邊，實在太慶幸了，他一定會說「誰叫妳在那裡三姑六婆，才會變成這樣」，啊，腦內小雨前輩又開始嘮叨了，吵死了。

我甩開小雨前輩的幻影，望向前方，是日本家庭典型的普通房屋，這裡所說的普通是稱讚。丈夫認真工作，妻子是個賢內助，養育孩子，讓孩子乖乖上學，像這樣成立的一個家庭。是一輩子活得正正當當、從未誤入歧途的人所蓋的房屋。

「那，鈴姊，我在旁邊看著，請妳去投遞吧。」

「呃，時間不會太早嗎？現在下午三點，而且女兒現在幾歲？應該還在學校吧？」

「那就只能請對方讓我們進去等，或是在屋子前面等了。」

「真厚臉皮……」

「高橋爸爸人很好，幾乎都可以在離別郵務課工作了。如果我去年以前的記憶沒有錯，他是從事網路相關行業，基本上都待在家裡。」

「有什麼狀況要支援我喔？」

「沒問題。」千鶴點點頭。真的嗎？確定嗎？也許是緊張的關係，我甚至懷疑起好心的千鶴來了。

我按下門鈴，一道男聲回應，是父親。

「您好，我是離別郵務課的佐佐羅。」

『離別郵務課？……啊，每年都會來的。』

我們等了一會，玄關門打開來，出現一個運動服配外套、打扮樸素的男子，他行禮說「抱歉這身穿著」。他看到我，然後看向千鶴，頓時笑逐顏開。

「千鶴！好久不見，還是一樣愛哭嗎？」

「哈哈，真丟臉，我還是老樣子。去年託您照顧了，今年也來給美月送信了。」

「美月還在學校，不過應該就快回來了，進來家裡等吧。」

千鶴說著「謝謝」，但沒有立刻進去，向對方介紹我。喂喂喂，真的在支援我耶，我真的被支援了，我年紀比人家還大耶，這樣行嗎？雖然千鶴比我資深一年。

「這位是佐佐羅鈴，她上個月以前還在東京工作，現在回到故鄉來。請多指教。」

「東京？這樣啊，東京啊，我女兒美月也一直很想去東京，她說高中一畢業就要去東京生活。」

「真有雄心壯志呢……」

「如果有什麼夢想還是目標也就罷了，但她說要邊工作邊找。如果見到她，請給她一點建議。」

聽了真教人慚愧。

而且還說要工作，感覺比起毫無目標地進入大學的我更像話多了。

「美月今年是國三嗎？」千鶴問。

「對，是考生了。」

「田徑隊呢？」

「和去年一樣，一直都是幽靈隊員，已經退出了。」

「這樣啊……」

一旁的千鶴向我說明，美月本來就跑得很快，一上國中就加入了田徑隊，但很快就淡出社團活動了。

別說支援了，千鶴開始閒話家常炒熱氣氛，這次真的由我負責送信好嗎？

「那美月最近怎麼樣？」

「身高還是差不多吧，不過她生氣的表情和動作，變得跟朝子一模一樣。」

「跟誰一模一樣？」

後方傳來尖銳的聲音。

回頭一看，一個綁馬尾穿制服的少女正狐疑地看著我們。父親一臉歉然地說：

「妳回來了，美月。」

我回想起離別郵務課的規則，不得拆閱道別信，投遞人必須直接親手遞交，穩妥地處理，讓對方接受。好，我要上了！

我走到依然杵在玄關門前的美月那裡，遞出信來：

「您好，美月同學，我是離別郵務課，為您送來您的離別。」

「啊，不用說了啦，我每年都聽到一樣的話。規定一定要說是吧？真辛苦呢，台詞有夠俗的。」

「……」

這死小鬼。

她自以為是哪裡的貴婦名媛嗎？也不掂掂自己的斤兩。明明就是個賴在家裡，吃穿靠父母的乳臭未乾死丫頭，沒學過對長輩說話要用敬語嗎？……全部都是在說我自己。

美月不理會我遞出去的信，穿過我旁邊。可能是注意到千鶴了，她有禮貌地打招呼：

「千鶴小姐，妳好！」

「好久不見了，美月，妳愈來愈可愛了。」

千鶴甚至還摸了美月的頭，而美月毫不抵抗地接受。我真的不是多餘的嗎？

「因為我想變成像千鶴小姐這樣惹人疼愛的女生，在這個世上，能把別人玩弄在掌心的人才是贏家呢。」

「哈哈哈，我才沒把別人玩弄在掌心呢。去年的信妳讀了嗎？」

「沒有。」

「怎麼這樣呢？為什麼不讀嘛？」

「我喜歡千鶴小姐，可是我討厭我媽媽。」

附近的父親表情一陣緊張，空氣瞬間變得一觸即發。

不管在場有沒有外人，都敢大剌剌地說「討厭」，坦白說，這樣的沒神經我挺欣賞，不過那種裝模作樣的態度令人不敢領教。就算大人教訓國中生，也只是幼稚而已，而她就是清楚這一點，才刻意擺出那種態度，明知道而假裝幼稚。如果大人訓誡，就計畫好了似地當場翻臉，控訴「大人就只會訓話，真丟臉」。我以前也常幹這種事，所以瞭若指掌。

不過正因為這樣，大人更必須包容，要以寬容的心，去聆聽少女的心聲。

我挽留就要進屋的美月，再次對她說：

「美月，有這麼多大人在為了妳而行動，妳可以稍微懂事一點嗎？妳為什麼會討厭妳媽媽、為什麼不願意收信、為什麼一直不肯讀信，像這些理由，如果妳願意的話，可以告訴我嗎？」

「咦？為什麼我要對今天才第一次見面的妳說這些？而且為什麼一口咬定錯都在我？大人在為我行動？我的天，居然說這種話，丟不丟臉啊？」

咯咯，美月輕笑一聲，優雅地甩著馬尾離去了。玄關門關上，人影消失了。父親也進去屋裡之後，我惡狠狠地放聲大喊：

「我要宰了那個死丫頭！」

我們回到郵務課辦公室時，去送其他的信的小雨前輩也回來了。不出所料，小雨前輩責怪我沒能成功投遞，他把千鶴趕到一邊，只罵我一個人。

「妳有哪一次是順利投遞成功的嗎？」

「那小雨前輩自己又怎麼樣？其實也沒你說的那麼了不起嘛，不是有那種人嗎？嘴上把自己誇得多厲害，其實……」

我還沒說完，一堆卡片就撒在我的前面。四張簽收卡，每一張都有簽名。

「其實怎樣？」

「沒事……反正一定是靠作弊弄來的，一定是不理會收件人的抗拒，強迫他們收信。沒錯，就像高利貸一樣。」

「妳說什麼？」

「沒事～」

「莫名其妙，什麼高利貸，少用這種爛比喻。」

「明明就聽到了嘛！」

總之，我決定不再粉飾了。

既然那個叫美月的臭丫頭擺出那種態度，那只好拉倒。我不再忍氣吞聲了，我不曉得她是死了母親自暴自棄還是怎樣，不過這個叛逆期惡化似的裝模作樣丫頭，賭上我這口氣也要她服了我。我要她收下道別信，就算用揍的，也要逼她在簽收卡上簽名，我已經受夠每次回來都要被小雨前輩語言霸凌了。

除非自己拿出真心，否則對方也不會誠心相待，因此對於想要好好面對的人，我都會推心置腹。這件事讓我再次想起了我的這個信念，看我的！

正當我蓄勢待發，小雨前輩開口了：

「冷靜下來，看妳那張討債鬼嘴臉。」

3

今天我決定不去高橋家，而是在上下學路上的河岸道路埋伏。

「美月放學的時候都一定會經過這裡，雖然得稍微繞點路才能回家，但她好像很喜歡這條路。」

坐在長椅上等待時，千鶴這麼告訴我。河濱這裡確實環境舒爽，讓人想要特地繞過來逛逛，有點像我在東京工作時，從電車車窗看到的多摩川河邊。雖然沒那麼寬闊，但感覺就像在看縮小般的多摩川一樣。

草原上開著花朵，躺在上面聞著花香，一定會很像公主。如果我這麼做，感覺小雨前輩會酸：「妳是饑不擇食想吃草嗎？」不過以千鶴當模特兒拍照，一定能拍到很棒的照片。我想像著那景象，這時目標美月現身了。

她與我們對上眼，停下腳步，很快地準備經過。

「妳等一下。」我說著，先追上去再說。

「我才不等，只有千鶴小姐也就罷了，還有個莫名其妙的女人。」

「我才不是莫名其妙的女人，我叫佐佐羅鈴。」

「莫名其妙，妳好。」

「就說我不是莫名其妙的女人！難道我姓莫名其妙、名女人嗎？太難懂了吧？」

我全力以赴的吐槽也遭到無視，不能在這裡敗下陣來，我立刻繞到她前面，遞出信來。

「我是離別郵務，為您送來您的離別。」

我遞出信去，瞬間美月狠瞪過來。小巧的肩膀搖晃著，看起來就像在努力讓自己的身體顯得更巨大。

「……佐佐羅小姐真的很白目呢。」

「多謝稱讚，常有人這麼說，尤其我特別受到故作老成的國中小女生青睞，請多包涵。」

這回千鶴沒有多加干涉，她依然坐在長椅上觀察。

千鶴有千鶴的節奏，我也有我自己的節奏，所以這樣的距離剛剛好。千鶴一定也是明白這一點，才這樣靜觀其變。我必須好好地利用她給我的這個機會。

「美月同學，收下這封信吧。」

「我不要。」

「為什麼不要？難不成妳不識字？」

「都多大的人了，還用這種挑釁？而且是超廉價的挑釁。我只是討厭我媽而已。」

「哦？為什麼討厭？」

「妳以為我會什麼都跟妳說嗎？」

「原來說不出來啊？其實根本沒有理由對吧？就是有這種人呢，只會賣一堆關子吊人胃口，結果揭開來一看，豈止沒什麼大不了的理由，根本就是毫無理由。」

美月沒有回話，而是給了我一個特大號的嘆息。忍住！沒問題的，對方已經中了我的挑釁。

廉價的挑釁因為露骨，經常會惹來訕笑，但對於人生經驗尚淺、又處於多愁善感青春期的小孩子，似乎意外地有效。她還尚未具備足以忽視的精神力。

「因為她死了，我們家變得很窮。我們家本來是雙薪家庭，一下子少了她那份收入，光靠我爸一個人的收入，真的過得很苦。我已經放棄上大學了，我不想造成我爸的負擔，所以上高中以後準備要打工，然後用存下來的錢在畢業後去東京，賺更多錢。我只有這條路了，我失去了自由，妳懂嗎？」

「哦，我懂了，我非常明白妳有多不知天高地厚了。」

「什——」美月橫眉豎目。她似乎以為這樣就結束了，但我要攻其不備，還不能放她走。

「才一個國中生，談什麼自由？世上有太多人就算成年以後，依然被綁得動彈不得，結果都要看那個人自己。」

「妳到底想說什麼？妳不是來送信的嗎？」

擊潰她的防備。

挖出她的真心話。

「我是在說，妳說的自由太廉價了，就跟我的挑釁一樣，廉價又空洞。妳嚷嚷著失去自由，那我問妳，要是妳自由了，妳想做什麼？妳打算做什麼？喏，說說看啊？」

「……我才不想說。」

「我可以輕易想像，想像妳在東京會是什麼樣子。沒什麼大不了的目標，只有滿滿的自卑，一下子就陷在工作裡爬不出來了。在東京，會從意志不堅的人開始崩潰。」

「少說得一副妳很懂的樣子！」

她終於怒吼了。

「都是因為她，我連田徑隊都待不下去了！」

「因為國中的時候就放棄的事，讓妳放棄夢想？」

「這有什麼不對嗎？」

「妳不想知道對不對嗎？只要讀了信，或許就可以從覺悟到不久人世的妳母親留下來的話裡，知道些什麼。」

美月沒有說話。

我也不再逼她。沉默。

風從河上吹來，撥動髮絲。不管是不知世事的國中生的頭髮，還是在東京遭受過挫折的女人的頭髮，重量都是一樣的。

我們彼此互瞪，但美月先別開眼神，看著坐在長椅的千鶴說：

「要不要去附近的咖啡廳坐一坐？是一家新開的店，我一直想去看看。」

「只要妳願意收下信。」千鶴笑著回答。

美月頓時不高興起來，從我手中一把搶走了信，然後伸出另一隻手催促：

「不是要簽收嗎？拿來。」

我敗給了她的氣勢，忍不住交出簽收卡。她從書包裡取出筆來，直接墊在自己的膝上簽名，字跡扭曲的「高橋美月」簽名完成了。

「喏，這樣就行了吧？信也收了。」

「……」

這要是以前的我，或許會就這樣拍拍屁股走人。

也不去思考工作的意義。

或許會只在乎形式上的完成，而不去面對眼前的感情，但我有和今井小姐之間的記憶，我知道真正面對離別的人是什麼表情。

注意到的時候，我已經從美月的手中再次把信搶了回來，簽收卡也當場撕破作廢。「什……」美月驚叫，一副不敢置信的樣子。

「就算現在把信給妳，妳也不會讀對吧？反正一定又會塞進櫃子深處，打算藏上一輩子吧？以前收下的信，是不是也都這樣處理？」

「什麼啦，莫名其妙！我要走了！」

美月強硬地穿過我旁邊，一下子溜走了。我默默地目送她的背影，覺得這時候不要隨便追上去比較好。

一切都結束以後，千鶴走了過來，我還以為我和美月的爭吵會害她有點嚇哭，但她從頭到尾都笑咪咪的。

「呵呵。」

「千鶴，妳笑什麼？」

「總覺得鈴姊剛才那緊迫盯人的做法好像小雨前輩。」

「什麼?!」

「你們總是那樣你來我往，所以被傳染了嗎？」

「別說笑了，我本來就是這樣的，是他學我的好嗎？」

「那就是你們本來就很像囉？」

「更不對好嗎！」

我用力揉捏千鶴的肩膀，用拳頭抵住她的腦門旋轉，略施薄懲。「對不起啦！」求饒的千鶴真可愛。

鬧了一陣以後，千鶴說：

「明天我就不作陪了，我不想妨礙妳。」

「什麼意思？」

「就像妳說的，我和小雨前輩還有新田部長交給美月的信，她到現在一定也都沒有讀。新田部長那時候，美月還是個小學生，小雨前輩那時候，也才剛上國中而已，而我只是單純地力有未逮，總之大家都沒辦法強硬地對她說什麼。」

所以只是把信交出去而已。

大家交給美月的信都還沒有被打開來。

「不過我想鈴姊的話，一定可以做得比我們更好。可以更深地進入她的心房，把信交給她。我期待妳的表現。」

我期待妳的表現，好久沒有人這樣對我說了。我害羞起來，假裝不當一回事。

回到當地車站後，我對千鶴說今天不回去辦公室，直接回家了。

玄關門沒鎖，我大聲說我回來了，卻沒有回應。

就算是鄉下地方，也不該這麼不小心。反倒是最近有許多中飽私囊的黑心富翁搬到鄉間來，一些宵小盯上了那樣的人──我正想著這些危險，發現母親睡在客廳沙發上。

沙發旁邊的桌上有兩個寫著「處方箋」的白色紙袋，裝了許多藥片。我正想查看是什麼藥，母親醒來了。

「居然偷看，真沒教養。」

「玄關門沒鎖耶，小心一點好嗎？」
「我實在太睏了。」
「媽，妳哪裡不舒服嗎？」
「車站前面新開的蛋糕店太好吃了，我忍不住暴飲暴食，所以去要了胃藥和預防糖尿病的藥。」
我把處方箋扔回桌上。真是白操心一場，人家現在正在處理纖細的案子，這傢伙真不會看時機。
剛醒來的母親開始嗆咳，反正也不是什麼嚴重的問題，所以我已經不擔心了。母親邊咳邊走去廚房，著手準備晚飯。我有些想問的事，便一起過去幫忙。
「欸，媽，我有叛逆期嗎？」
母親一臉呆滯地看我。「難以置信，難道妳自己不記得？」是這種懷疑的眼神，我覺得芒刺在背。
「妳從頭到尾全是叛逆期好嗎？」
「我有那麼叛逆嗎？」
「我翻辭典查叛逆期，上面就寫著妳的名字。」
我的什麼行動算是叛逆期？是那段發言嗎？那種態度嗎？

不懂，沒自覺，我覺得我只是天經地義地在主張天經地義的事而已。這副德行，更沒辦法高高在上地說剛才的美月什麼了。

「媽倒覺得妳到現在都還是在叛逆期。」

「那只是個性差、愛唱反調而已吧……」

「妳的個性不可能差，所以是叛逆期啦。」

母親說道，就像講贏了滿足了似地，切菜的動作變快了。

因為聊到，我談起我現在的工作。母親從以前就知道道別信，所以不必多做說明。這次的收件人是個國三女生；她的個性、態度、境遇；還有個人的、對上司的牢騷，從途中開始，就幾乎全是上司的壞話了。

「小雨先生是那種人嗎？有時候在窗口遇到他，他都是一副和藹可親的笑容啊？」

「那只是表面而已啦，他對自己人的同事，完全不假辭色的。」

「就算是那樣，也是一種愛情表現啊。」

「媽真是寬宏大量喔，我去東京的事，難道妳也覺得生氣？」

「我覺得妳是有勇無謀。」

喪氣。

「不過，我也不認為是白費，所以也沒有反對，不是嗎？」

望著只有遼闊可取的天空，將空洞的自己投射在上面的高中時期的我。

我以為只要去了東京，就可以找到什麼，享受著自甘墮落的大學生活，被男友甩了，對工作毫無熱情，化成社會的灰燼返回故鄉，但母親依然沒有責備我。我也覺得如果母親罵我浪費了幾年光陰，或許還痛快一些，但我還是無法討厭母親的這種溫情。

「媽覺得就算『白費』這兩個字從世上消失，也不會有什麼影響，因為世上一定沒有任何事情是『白費』的。一定是只看短期，才會這麼感覺而已。如果放長眼光來想，不是常會這樣覺得嗎？啊，那件事其實也不算白費。」

母親接著說：

「妳的確去了東京又回來這裡，但也因為有那段經驗，才能從事現在的工作。神采奕奕地。」

「我有……神采奕奕嗎？」

「至少妳過得很充實，可以毫不顧忌地跟媽分享工作上的事，不是嗎？」

這麼說來，或許如此。

在鄉間過得悶悶不樂，對東京滿懷期待，然後又返回故鄉的我，領悟到了什麼？

重要的不是自己生活在哪裡，而是如何生活。

和東京或鄉下都無關，有能力的人，自然就會有個屬於他的地方、會隸屬於適合他的地方。雖然我不認為離別郵務課是我的終點，但起碼我覺得現在的我能夠待的地方，就是那裡。

也為了證明這件事，我一定要順利解決美月的問題。

「或許就像媽說的，世上沒有白費這回事。」

「對了，下次我想去跟新田先生打聲招呼，帶個禮盒，謝謝他照顧我女兒。他好像已婚有孩子了，不過沒問題，這是時下流行的橫刀奪愛！步步進逼是很重要的，妳也要幫媽一把喔？」

我覺得是白費工夫。

4

早晨的櫃台窗口業務後（今天又有規定變更，得重新學過），中午開始進行郵務課的工作。距離美月的放學時間還有點早，但今天我決定早點出門，因為不曉得哪來的布丁大魔王嘮嘮叨叨的吵死人了。

「不要白費工夫投遞那麼多次，快點把信送到，廢物！」

「小雨前輩，你知道嗎？這個世上是沒有白費的。就是以淺短的眼光去看，才會覺得沒有意義。只要放長眼光去看，這些投遞一定也都是有意義的，它們會成為往後可以活用的經驗。」

「幹嘛突然拾人牙慧？一聽就知道不是妳想出來的話。」小雨前輩指著我說。

「你、你有什麼根據這樣說！」

「理由很簡單，這不是妳有資格說的話、不是適合妳說的話。妳應該先理解到，說廢話完全就是浪費時間。妳這傢伙一年到頭叛逆期，成天耍嘴皮，不反駁就不甘心，妳也替奉陪的我想想好嗎？」

「那就不要跟我抬槓嘛！」

「容我提醒一下妳那顆五秒鐘就記憶重設的蚯蚓腦，快點賠我布丁！」

我粗魯地甩上門出發了。

什麼他跟我很像、看起來感情很好，千鶴果然是有眼無珠。

當然不能開車，也沒有自行車，今天也用徒步加上電車前往目的地。對了，電車錢真的可以報帳吧？

站前是白色的混凝土地面，與商店街及其他馬路不同，看起來就像在證明「這裡已經發展囉」。也許很快地，整個城鎮的地面都會被這種白色混凝土地面所覆蓋。

搭了三站電車，到站之後，首先前往高橋家。找到象徵一般家庭的透天厝，按下門鈴。應門的一樣是美月的父親，高橋先生好像真的在家工作。

「美月還沒有回來喔。」

「好的，我只是過來看看。」

「佐佐羅小姐也真辛苦，如果不妨，信可以交給我，我晚點再交給美月怎麼樣？」

「謝謝您的好意，但信必須親手交給本人才行。」

高橋先生困窘地搔搔頭笑了。我不知道他那張目瞪口呆的表情是因為美月，還是因為我。

高橋先生問我要不要進去喝杯茶，我也婉拒了。千鶴的話，會聽從他的好意嗎？我決定這次也在河濱埋伏。

我坐在長椅上，吃著途中在超商買的三明治等待。才剛吃完，美月就出現了，她呆呆地望著河川走過來。

運動社團的隊伍跑了過去。美月也注意到他們，為了閃避而往前看，然後她發現我，倏地轉身，拔腿就跑。

「等一下！」

我跑著追上去，然而距離完全沒有縮小。速度天差地遠，我前進一步，美月已經跑了三步。這麼說來，她以前是田徑隊的。

「美月同學——！」

「幹嘛啦！不要追啦！」

美月輕而易舉地超過運動社團的隊伍，我也憑著一股衝勁追過去，眼角掃見吆喝著跑步的隊伍傻眼地停下。

兩人的距離漸漸縮小了，美月確實跑得很快，但現在穿著制服，還揹著書包。雖然我也揹著郵件袋，但重量不同。而且雖說美月跑得很快，但現在似乎都沒去參加社團訓練，缺乏耐力。而我最近因為到處送信，培養出體力，有自信追上她，我似乎可以聽見她焦急而凌亂的呼吸聲。

「好了啦！別追了啦！」

你跑我追了約五分鐘後，美月總算投降了，她精疲力盡地倒在斜坡草地上。雖然我大言不慚地說有自信追上她，但也快吐了。

附近的長椅旁邊有一台自動販賣機，我去買了茶，把茶遞給倒地的美月，馬上就變成了空寶特瓶回來。我順勢在旁邊坐下，美月沒有拒絕。

「虧妳以前還是田徑隊的，真遜呢，居然被老早就從學校畢業的我追上。」

「只是覺得沒完沒了，不跑了而已，妳又死纏爛打。」

「可是我贏了。」

「是是是，妳贏了。」

「我贏了。」

「有完沒完啦！」

被比我小的國中生吼了。像這樣意氣用事很好啊，我也想要強調我的年輕。

「真的有夠煩的，不就說我要簽收了嗎？」

「我不是說那樣不行嗎？」

一小段對話後，又陷入沉默。

河面開始反射出夕陽。我覺得刺眼，望向草地，目擊停在雜草葉梢上的瓢蟲飛起的瞬間。

「欸，東京是個怎樣的地方？」美月問我。「妳去過東京吧？告訴我。」

「充滿各種東西，不過人比東西還要多。」

「那裡好玩嗎？是個好地方嗎？」

「要看人。」

「什麼意思？」

「我覺得那個地方期待愈大，失望就愈大。」

東京不是懷抱希望而前往的地方，毋寧是追求現實的地方。

那裡是文化與資訊的傳播地，也是國家的中心。這樣的東京，確實有形形色色的人雲集，因此也可以說機會遍地，然而同時卻也是讓人認清自己做得到什麼、又做不到什麼的現實集中地。

對於沒有目標和目的的人來說，那裡太憋屈了。不管是早上起床、丟垃圾、人潮、客滿的電車、午餐的餐廳長長的排隊人龍、來自業務部門的抗議，一定都令人難耐。

「美月同學，聽說妳高中畢業後要去東京工作？既然如此，我覺得妳最好重新思考一下是要為了什麼而工作。畢竟比起『被逼著做』，『主動去做』一定更愉快多了。」

美月意外認真地聆聽，我繼續說下去：

「而且，我想美月同學妳應該沒有妳說的那麼討厭妳媽。用簡單明瞭而傷人的話來說，妳就是叛逆期。」

美月露出顯而易見的不悅表情。她瞪向我，就像在說事情才沒那麼單純。

「妳少隨便亂說。還有，不要叫我美月同學。被妳那樣叫，感覺好像被嘲笑一樣。」

「那，美月，妳也不要對我『妳』來『妳』去的，叫我佐佐羅小姐。」

「天哪，有夠幼稚的……」

「囉嗦啦。」

「是是是，佐佐羅小姐。」

「口氣要更敬重點，有威嚴地、滿懷崇敬地喊。」

「妳幾歲啦！」

被吐槽了。我在郵務課和家裡總是負責吐槽的，所以感覺很新鮮，有點好玩。

我問美月有沒有男朋友，她不感興趣地說沒有。我問她功課怎麼樣，她更沒興趣地說普通。我告訴她我的初體驗，她眼睛發亮，聽得興致勃勃。我不怎麼提到信的事，繼續閒聊。

就在無關緊要的話題都說完的時候，美月忽然聊起她的回憶。

「河的對面不是有山嗎？」

她指的方向，確實有一兩座山重疊在一起，是孤零零地浮現在住宅區正中央的森林。美月指著最高的一座山。

「我們經常全家去那裡野餐。我們是雙薪家庭，我爸和我媽同時休假的日子不多。天氣好，卻無法出遠門旅行的假日，我們總是會去那裡。山頂有展望台，也有一小塊廣場，我都會在那裡跑來跑去，或是玩球。如果我爸累了，就換我媽陪我。那座山有著這樣的回憶。」

聽著聽著，我想起千鶴的話。她說即使會有點繞遠路，美月每天放學回家，都一定會走這條河邊的路。之前我單純地以為是因為她喜歡這裡的景色，但看來似乎不是。

美月會經過這裡，是為了看那座山，充滿了全家回憶的那個地點。我想像望著河川另一頭，放慢腳步走回家的她的身影，她的表情是——

「妳討厭妳媽嗎？」我再次問。

「嗯，我討厭她。我恨她。」美月說著，拔起一根草。

「所以妳才不讀她給妳的信？」

「對。」

「那為什麼不把信丟了？」

「……」

拔著周圍的草的美月的手停住了。

「妳沒有把信燒了，也沒有把它們撕成碎片，而是收起來了對吧？為什麼？」

「……我不想說，又不是我的緣故。」

「什麼？」

「沒事。」

「哎唷，妳振作一點好嗎？美月。」

瞬間——

美月倏地抬頭，一臉驚愕地看向我。咦？我說了什麼奇怪的話嗎？因為我直接叫她美月？不，剛才也叫過，光是今天就已經叫過好幾回了。

美月怔了好半晌，就像陷在幻想之中。我正想叫她，後方突然有個人影跑了過來。

我以為是附近的居民在慢跑，但擦身而過的瞬間，那張臉印象極深。男性，鬍碴，是誰去了？是在哪裡看過的？

「冷硬派男！」

我站起來，叫美月等我，追了上去。

冷硬派男一鄉也立刻發現我，怪叫了一聲。

這回一定要逮到你！我連國中女生都追得上了，一定也追得到他。我正這麼想，一鄉已一溜煙從河濱跑進巷子裡，消失在住宅區了。我急忙跑下河濱，奔向他經過的路，但到處都是岔路，早已不見他的人影。

「你還是個男人嗎！去你的冷硬派！」

我大喊，但沒有回應。他是自以為哪裡來的特務嗎？真是氣死人，又被他跑了。我無奈地死了心，折返回去。

回到剛才坐的草原，美月也不見了。

就這樣，我完全應驗了這句諺語：「逐二兔者，不得一兔。」

「那麼，除了體現形容笨蛋的諺語之外，妳有什麼收穫？」

「……沒有，我跟美月要好了一些。」

「太好了，希望半年後可以把信交給她呢。」

小雨前輩一如往常地挖苦著，將自己拿到的簽收卡交給新田部長。看他這麼露骨地炫耀簽收卡，如果不反應一下，感覺好像很在乎他一樣，因此我無可奈何地回應道：

「小雨前輩不是我的前輩嗎？不光是挖苦，是不是也該給點建議或訣竅才對呀？而不是只會炫耀你一天拿到多少張簽收卡。難道前輩一點都不想要指點暈頭轉向的我嗎？」

「我只會提點妳一下，剩下的自己去摸索吧。不過我也知道憑妳自己，不知道要多久才能想通。我不經意的一句話，或許很快就會成為金言喔，就像妳說的，世上沒有白費這回事，不是嗎？」

「好啦好啦，快點指點我吧。」

「關於這次的事，有件事我可以斷言。」

新田部長和千鶴都從眼前的電腦抬起目光看小雨前輩。眾人的矚目讓小雨前輩瞬時有些慌了陣腳，但他很快地說下去：

「兩年前我沒有發現，但想到去年桐生的報告，還有妳再三拜訪的狀況，我看出了一件事。」

「什麼事？」

「那個家，有問題的不只有高橋美月而已。」

小雨前輩只說完這些，就不說話了。我已經指點過了，其他的自己去想——是這種挑釁的表情，憑妳自己想得通嗎？找得到答案嗎？囉嗦，我就做給你看！

也許是正準備休息，小雨前輩打開了冰箱。一開冰箱人就僵住了，我見狀憋笑，看來他發現了我的好意。為了彌補之前吃掉他的布丁，我買了新的布丁放進去，而且還挑了超商最貴的一種。

雖然小雨前輩沒口德、個性也惡劣到家，是壞上加壞的黑心傢伙，但唯有他的能力，我可以認同。可以偷學的地方，我準備全部學到手，為了這個目的，巴結一下也不算什麼。

小雨前輩拿出我買的布丁，大步走了過來。難道他要坦率地道謝嗎？我正在期待，沒想到他說：

「這不是我喜歡的牌子，重買。」

5

午休時間，我在附近的便當店挑午餐，這時手機響了，是小雨前輩打來的。

「你怎麼知道我的手機？」

「看履歷表的。」

「這是侵犯隱私。」

「suzu-tan（小鈴鈴）很噁心耶，換掉。」

「連我的電子信箱都知道了！」

據不酸言惡語一番就不甘心的小雨前輩說，有人打電話到辦公室來。是高橋先生打來的，指名要找我，叫我立刻回去，然後單方面地掛了電話。我放棄買便當，用跑的回辦公室。

「原來這間辦公室有電話啊？」

子機就像藏在書架與文件架之間似地放在那裡，一定難得響起一回吧。而居然打這支難得使用的電話，想來不是什麼可以輕鬆閒聊的內容。

我接了電話，另一頭傳來高橋先生焦急的聲音：

「請問妳有沒有看到美月？她有沒有去那裡？」

「呃，沒有，她沒有來。不是去學校了嗎？」

「是學校連絡家裡的，說她還沒有到校，是不是家裡有事？美月從來不遲到缺課，所以老師才會擔心地打來。」

「然後美月不知道跑去哪裡了？」

「她失蹤了，也連絡不到她。我也去附近找過了，但都沒看到她。這種情況是第一次。」

「我知道了，我也去找。」

電話另一頭的高橋先生似乎還想說什麼，但我直接掛了電話。坦白說，我覺得用失蹤形容未免誇張。青少年有時難免不想待在家裡，或是一時興起不想去學校，跑去別的地方。其實比起男生，或許女生的這類冒險心更強烈，不過高橋先生的慌亂我也能夠理解，因為這是美月第一次失蹤，也得考慮到萬一的情況。

我把裝了信的郵袋也一起揹上，準備出門。

「妳沒穿送信的制服，那半吊子的服裝是要去哪裡？」

「現在的我以機動性為優先。」

「為什麼？」

「我要去協尋失蹤兒童。」

小雨前輩露出想了一下的模樣，他的腦袋一定正以我無法想像的高速運轉，然後他小聲地說：「去吧。」

不想待在家裡、不想去學校的時候，儘管想要遠走高飛，但因為口袋裡沒什麼錢，結果多半只能窩在不用花什麼錢的地方。我料定小學生和國中生特別容易如此，因為以前的我就是這樣。附帶一提，我蹺課的時候，一整天就窩在附近柑仔店裡面的榻榻米房間裡。

我姑且去站前繞了一圈看看。離家假裝去上學，表示一定還穿著制服。雖然也有可能去買衣服更換，但我不認為國中生有那麼多錢。不，很難說，美月的父親感覺很好騙。

我的思考原地打轉著，同時四下尋找。馬尾、防備旁人似地挺直的姿勢，為了避免被人趁虛而入，總是快步行走。美月的特徵大概就是這些，卻沒看到類似的人。

我找過餐廳、百貨公司，感覺美月會去的地方、會買的東西、會吃的東西。

「鈴姊！」

背後傳來叫聲，回頭一看，是千鶴。她穿著送信的制服，拿著郵袋。她說是在送信的途中接到小雨前輩的電話，聽到狀況而趕了過來，那傢伙到底是想損我還是支援我啊？

「我也打電話給美月了，可是她沒有接，真令人擔心呢。」千鶴說。

「我覺得只是一時興起，離家出走。」

「就算是離家出走，看她去了什麼地方，也會有不同的意義。」

確實如此。

也許不是單純的離家出走，美月跑去哪裡了？

「這附近我來找，鈴姊去找更遠的地方吧。」

「……好，謝謝。」

我從站前擴大範圍，離開住宅區。我已經決定要去哪裡了，我能想到的地點就只有那裡。

離開住宅區後，來到河邊，爬上階梯，走在俯視河濱的道路上。我逐一查看旁邊的長椅，期待美月會不會坐在其中之一，但她沒有在這裡。

如果我是美月，我會去哪裡？如果討厭這個城鎮，應該會想要離開，但是她看起來並不像這樣。早上很普通地去學校，上課，和朋友吃午飯，結束下午課程的放學後，沒有社團活動的她便慢慢地踏上歸途，走在這片河岸上，茫然地望著遠方。

遠方，遠方是何方？

我就像受到引導似地，從石子路上抬起頭來仰望，隔著一條河川，更遙遠的另一頭。孤零零地坐落在住宅區裡的茂密森林，三座並排的小山。

『我們經常全家去那裡野餐。』

我跑了出去。

過橋進入住宅區，很快就找到登山口了。山的入口是一片農田，一眼望去，就只有那塊地區明顯沒有住家。農地鋪著網子，免得被山上下來的動物作亂。

登山口前有塊看板，寫著三座山的名字，註明各別的登山路線，我毫不猶豫地選了最高的一座，爬了上去。我一邊前進，一邊咒罵為什麼偏偏是最高的一座。

就在我即將喘不過氣的時候，抵達了山頭，有塊開闊的空間。山地的泥土及樹根會絆倒人的地面消失不見，出現一片綠色的草地，正中央有座展望台，我往那裡走去。上去之後四處尋找，但美月不在這裡。

預測落空了嗎？疲勞一口氣湧了上來，我頹靠在扶手上。就在我正準備放棄的時候，發現美月就坐在俯視之處的長椅上。繼疲勞之後，一陣安心湧上心頭。

我慢慢地調整呼吸，走向美月。走到一半她就發現我了，但沒有逃走，反而往旁邊挪去，讓出位置給我。

我一坐下，美月便說：

「佐佐羅小姐很像鴿子。」

「咦？什麼意思？第一次有人這樣說……」

美月沒有說話，我覺得對話會就此中斷，設法延續話題：

「那千鶴呢？」

「千鶴小姐是麻雀。」

「這樣啊，妳還記得小雨先生嗎？兩年前是他負責送信。」

「他是烏鴉。另一個第一次來送信的，看起來人很好的叔叔，應該是貓頭鷹吧。」

「為什麼是鳥啊？」

美月笑著答道：

「只是這麼感覺，因為大家不是到處去送信嗎？總覺得很像鳥。」

送信的鳥嗎？我想像。這麼說來，古時候有傳信鴿，不過我們是人。不是送信鳥，而是送信人。

所以我才會像這樣來到美月身邊。

「妳怎麼會跑來這裡？」我問。

「我本來想乖乖去學校的，不過看到河川另一頭的這座山，我忽然疑惑起來，我媽的臉長什麼樣子去了？她的聲音、動作、身高這些，我覺得好像都忘記了。」

她一下子哽住，最後痛苦地說：

「這讓我害怕極了……」

蜷起的背部內側傳出嗚咽聲，就像要把積壓在內心的感情拉扯出來似的。因為想要一點一滴釋放，所以拚命地壓抑就快滿溢而出的感情。

然後潰堤。

再也把持不住。

她在充滿了家人回憶的這個地點放聲吶喊：

「我討厭我媽，我恨死她了！我到現在還是恨她！她為什麼先走了！我都叫她不要死了！她都答應我一定會好起來了！都說好還要全家一起來這裡野餐了！可是她卻丟下我走了。我不知道該怎麼辦才好，好氣又好難過，卻又不能跟任何人說……」

美月放聲大哭。

壓抑的情感化成淚水。

「我才不想讀什麼信，因為讀了她的信，就等於承認她已經死了。我才不要，我不要、不要……」

日常的崩壞總是突如其來，就像與命運共謀似地，悲劇來得猝不及防，離別總是會帶來寂寞與悲傷。

但是。

但是正因為如此，美月的母親才會寫信給她。

並把那些信託給我們。

「對於留下妳先走這件事，妳的母親是怎麼想的？前途茫茫的不安，或許也可以在妳母親的信裡找到答案。那是妳母親留下來給妳的話，妳身為女兒，怎麼能不去聆聽？」

我拍打她的背，刻意去拍打那蜷縮的背，以及幾乎快被悲傷壓垮的心。千鶴的話，應該會與她依偎在一起；新田部長的話，應該會婉言安慰；小雨前輩的話，會一語不發地坐在旁邊嗎？還有其他更好的做法嗎？

但我只能這樣做，我只知道像這樣振作的方法。

我說：

「妳要振作一點啊，美月。」

美月看向我，這種彷彿抓住一絲希望般的眼神，先前我也看過。是透過我看著什麼人的眼神，那個人一定就是──

「我媽也常這樣對我說。」

美月用力抹去淚水，動作恢復了活力。我們對望，彼此笑了，然後她說：

「我還是很害怕讀信，所以佐佐羅小姐，請妳陪我一起讀好嗎？」

「當然，其他三封沒有拆的信也一起讀了吧。」

這時美月的臉色沉了下來。她想起沒有燒掉或撕掉、一直藏起來的三封信，那張臉閃過一陣慌亂。

「不行，沒辦法。」

「為什麼？我會陪妳一起讀。」

真正必要的不是「收納」，而是瞭解「自己」！

該買或不買，該留或不留

人生下半場，我想要這樣的生活 2

廣瀨裕子——著

生活器物作家 **米力**、小日子雜誌發行人 **劉冠吟** 簡單過日子推薦！

我們都想過著簡單的生活，卻又難以擺脫「這個也想要、那個也想留」的欲念。日本知名生活美學家廣瀨裕子認為，該買或不買、該留或不留的判斷，在於要讓生活的空間充滿「自己」的風格。所謂「整理」，真正獲得整理的其實是我們的「心」。只有當我們捨去人生路上沉重的行李，只使用自己真心喜愛的物品，只留下生活中真正必要的東西，「帶著情感」用心打造一個能夠顯現「當下的自己」的空間，就可以讓我們輕盈自在地走向下個階段的人生！

「不是那個問題。」美月說。什麼意思呢？
停頓了一下，美月死了心似地說：
「因為其他的信都被我爸藏起來了。」

6

我連絡千鶴說找到美月了，約好在高橋家前面集合，還沒有向父親高橋先生報告。
我似乎理解昨天小雨前輩在辦公室說的那句話的意思了。
『那個家有問題的不只是高橋美月而已。』
聽說每年收到的信都被高橋先生沒收了，即使美月有時不經意地問起信放在那裡，高橋先生也絕對不肯透露。
不知不覺間，美月被灌輸了這樣的觀念：忘掉母親的事才是對的。這樣的假設應該並不誇張，問題是，高橋先生為什麼要把信藏起來？
三人在高橋家前面集合後，美月說：
「其實我爸從幾年前開始，工作就經常休息。他有時會露出死氣沉沉的眼神，但我都假裝沒有看到。我想我爸也和我一樣，都沒辦法從我媽的死走出來。」

這麼說來，我想起一件事。我四處尋找美月要送信的時候，高橋先生提議可以把信交給他。起初我以為他是一片好意，但也許那也是為了避免讓女兒看到母親的信。

我還在猶豫，千鶴已經按下門鈴了，她的眼睛充滿了堅定的意志。

「如果這是真的，必須要高橋先生把信還給美月才行。不管理由是什麼，我們的使命是把信送到收信人手中。」

千鶴是去年的送信人，對於自己送達的信居然無疾而終，肯定非常不甘心。她的背影看起來可靠極了，不能老是只覺得她可愛而已。

玄關門打開，高橋先生出來了。他立刻發現美月，鬆了一口氣似地垂下頭來：

「我不停地打電話找妳呢，拜託，不要再這樣嚇我了。」

「爸，可以讓佐佐羅小姐和千鶴小姐進去嗎？」

「嗯？哦，當然可以。」

我們在美月帶領下進屋，來到客廳，高橋先生去廚房泡咖啡了。美月、我還有千鶴三個人都沒有坐下，而是直盯著高橋先生看。他很快便發現我們的視線，回過頭來。千鶴第一個開口：

「高橋先生，請把美月的信還給她。」

「……這是在說什麼？」

居然裝傻，但我們不會退縮。

「我們都知道了，美月都告訴我們了。」我接著說，但高橋先生還是不回話，最後美月說：

「爸，我想要看媽給我的信。」

「美月，不可以。」

我不能讓妳這麼做——高橋先生以眼神如此拒絕。

為什麼甚至不惜這麼做，也不肯讓女兒讀母親的信？他的真意究竟是什麼？無比疼愛女兒，想要無止境地寵溺下去的父親的真意是什麼？

高橋先生死了心似地對美月說了：

「妳失去母親時的那種表情——爸再也不想看到妳那麼悲傷的表情了。如果妳每次想起母親都會受傷，那乾脆別讀什麼信了，那只會讓妳傷心而已，所以爸才不讓妳讀信。」

正因為疼愛，正因為美月是他唯一的女兒。

不想讓她受傷，想要保護她。這就是高橋先生把信藏起來的理由。

「在醫院的時候，爸已經答應妳媽了。我說我會保護妳、支持妳。」

高橋先生認為，如果美月讀了母親的信，一定會悲痛欲絕，認為離別帶來的只有痛苦。

「爸，我想知道媽說了什麼，但是我一個人的話，或許還是會難過、受傷，而且我很害怕，所以爸陪我一起讀好嗎？」

「我不知道那些送信的人跟妳說了什麼，不過不行，我不想讓妳媽的話毀了妳的人生。應該請他們別再送信，剩下的信也處理掉。如果妳無論如何都要讀，起碼等到明年考試結束以後……」

「我現在就要讀！」

美月大喊。高橋先生瞪大了眼睛，就好像被打了一巴掌。

「就只有現在了！我現在就想知道。爸也是吧？這樣下去絕對不行的。我好幾次看到你因為失去工作的意義而痛苦的樣子，因為爸也跟我一樣，沒能好好地跟媽道別！我想要讀到媽留給我的話，好好地認清媽已經不在的事實，我想要把它當作未來的指標。」

所以拜託，讓我讀信——美月靠在高橋先生的胸口上，抓著他的肩膀傾訴。

幾十秒的沉默之後，高橋先生推開美月，轉身折回廚房。就好像什麼都沒聽見一樣，又著手準備泡咖啡。正當我這麼以為，高橋先生從廚房最上面的櫃子拿出信來了。藏信的地方，是美月不站在腳架上，就絕對搆不著的位置。

高橋先生把信放到桌上，拉開一段距離，讓美月可以讀信。他悄悄走近我說：

「美月是我的獨生女，請妳負起送信的責任，好好地支持她。」

「當然。」

我靜靜地走到美月身邊，高橋先生和千鶴退一步守候著。

信都裝在和紙信封裡，我把我應該送達的第四封信也加入其中。

美月輕輕地拆開第一封信，開頭寫著「美月」。或許因為是在病榻中寫的，字跡有些顫抖，美月可能也發現了，手僵住了。我輕輕地握住她的手，美月沒有逃避，打開信來。

信上這麼寫著：

美月：

就像妳知道的，在妳的眼中，媽是個超雞婆又愛操心的人，所以媽想要用寫信的來支持妳，直到妳長大成人為止。請讓媽這麼做吧。

直到妳二十歲以前，媽每一年都準備了一封信給妳。或許有時候妳會想起媽而難過，但如果妳願意讀這些信，媽會很開心的。

看到妳活力十足地奔跑的模樣，媽就會自然而然地笑逐顏開。期待往後妳也會繼續奔跑。

明年妳就要上國中了呢，媽非常期待。那麼，明年見。

打開第二封信，上面是寫給一年後成為國一生的美月的信。晚了兩年，美月讀到了這封信。

美月：

妳有好好跟妳爸相處，沒有吵架嗎？我想妳爸的廚藝應該還是很糟，不過再稍微忍耐一下吧，我想他一定會努力做出好吃的飯菜來。妳爸這個人有點笨拙，所以妳長大以後要好好地支持他喔。

恭喜妳上國中了。妳已經加入妳一直嚮往的田徑隊了嗎？妳喜歡短跑，但媽認為為了累積經驗，選擇長跑也不錯。不管怎麼樣，這都是妳的人生，要好好享受，一路奔跑下去喔！

明年見。

這是在醫院的時候，母親無法告訴女兒美月的話。在她往後的人生，再也無法親口告訴她的話，託付在信裡的話。每一封信，一定都是母親傾注了滿滿的心意，想像著逐漸長大成人的美月而寫下的。

美月：

田徑隊怎麼樣？交到好朋友了嗎？有沒有喜歡的男生？已經參加過比賽了嗎？媽不能陪在妳身邊，有點遺憾，真想看妳在場上奔馳的模樣。

剛才，小學生的妳在病房削了蘋果給我，妳用很少用到的小刀努力地削皮。就算我說我來削，妳也意氣用事，堅持要自己削到最後。雖然還有一點皮在上面，但媽全部吃完囉！妳就是有這種頑固（鍥而不捨）的地方，這一定是媽和爸都沒有的優點，妳一定要好好發揮妳這項長處。

那麼，明年見。

時間總算追趕上來，國三的美月現在讀到了要寫給國三的她的信。

或許之前沒辦法像母親說的那樣一路走來、或許漏接了應該要得到的力量、或許忽略了應該要得到的鼓勵——

但是現在，它們總算傳達給美月了。

美月：

最近妳來病房探望我的次數變少了，是因為不忍心看到媽媽嗎？媽也有點寂寞，所以雖然晚了許多，但我還是要在這裡寫下我的怨念——開玩笑的啦。

一天可以寫的量變少了，但媽會努力，所以美月妳也要加油。今年是國三，變成考生了對吧？

要選擇什麼樣的路，是妳的自由，但妳務必要選擇不會對自己找藉口、讓自己後悔的路。有沒有成天吃零食？有沒有跟朋友玩得心都收不回來了？就算交了男朋友，也不可以太沉溺喔。也許妳現在正過得很懶散，所以最後我想用這句話作結：

　妳要振作一點啊，美月！

　明年見。

我扶住隨著信一同坐倒下去的美月，她流下為了從離別往前跨出一步的淚水。

「……咦？」

我看見一張紙從她手中的信裡飄落下來。是原本夾在第一封信裡的東西。美月也注意到，撿了起來。打開的信上，開頭的稱呼不是美月，而是「孩子的爸」。

我叫來高橋先生，把信交給他。讀完信後，高橋先生輕輕地摟住了美月。

我和千鶴將信上的內容收在心裡，離開高橋家。

意外的是，千鶴直到最後都沒有哭，從頭都尾都凜然堅定。

我在回程的電車裡問她，她說：

「因為如果我哭了，會讓他們的離別變得廉價。工作的時候我都會努力忍耐，忍耐再忍耐，回到辦公室以後再大哭特哭。」

「原來是這樣啊，妳真溫柔。」

「做這份工作，送信的對象裡面確實也有很可怕或不好應付的人。不過也有許多人就像這次這樣，讓人覺得信能送到他們手中，真是太好了。」

我覺得一點都不錯。

離別帶給一個人的，並非只有悲傷和痛苦，所以才有傳達的意義和理由。雖然比寫給女兒的信更簡短，文字卻比什麼都更濃密地道盡了一切。看到妻子朝子女士寫給丈夫的最後一封信，我如此認為。

孩子的爸：

與你共度的時光，比什麼都要溫暖。美月就交給你了。

7

我不知道是只有這個城鎮的郵局如此，還是依循全國郵局民營化前的公務員時代的遺風，總之郵局員工的早晨開始得非常早。

我七點半離家，走路三十分鐘到郵局。常說工作有開關，而我的情況，則是走著走著，離建築物愈來愈近，當看到一眼就能認出是郵局的兩根紅柱子正字標記的瞬間，工作開關就打開了。在那之前，引擎都處在停機狀態。

農田、住宅區、商店，逐一穿過無聊的景色。比起擠在客滿的電車裡缺氧，真的要好上太多了，但一大清早還是缺乏能量。

「早，鈴小姐！」

背部被猛力一拍，我發出怪叫：「嗚嘰！」拍背怪客穿過我旁邊，朝我露出笑容。我注意到的時候，她總算停下腳步。

「美月?!妳怎麼會在這裡？」

「我從今天開始慢跑了，看就知道了吧？」

美月綁了她喜歡的馬尾髮型，穿著運動服，對看呆了的我開心地比了個勝利手勢。

「國三已經沒辦法參加社團了，不過我想要自己規劃路線，培養體力。」
「路線？這裡離妳家有三站遠耶？」
「這只是起步而已。等我體力恢復了，要把路線再拉得更長——要起得更早。」
年輕真是太美好了，或者說好可怕。
「鈴小姐也是，一早就一臉憂鬱，皺紋會變多喔。」
「住口，臭丫頭，妳剛才的話已經害我皺紋增加了。」
不管這個，美月開始慢跑了，還說要把體力練回來。這也就是說——我滿懷期待地正要發問，她主動回答了：
「我打算上高中以後，加入田徑隊。不過打工也很重要，畢業以後我也還是想要去東京。我想實現我想做的事，我爸也贊成我。」
「嗯，我也覺得這樣很好。」
「我爸最近工作也變多了，雖然不曉得是怎麼了，不過他變得超拚的。到底是為了誰呢？」美月靦腆地說著，一臉淘氣。
拜拜！美月揮手跑掉了。本以為她就要慢跑離開時，她突然轉換方向折了回來：

「忘記給妳了，拿去。」

她說著，把簽收卡遞給了我，簽名欄上確實地寫上了「高橋美月」四個字。

「收信時一定要簽收對吧？鈴小姐意外地很糊塗呢。」

我揮手作勢發怒，卻被她輕巧地閃掉了，少女惡作劇地「嘻嘻」一笑，就此離去。我在原地目送著，她的背影很快就變得像月亮那樣遙遠。

即使是遠望，也能看出她的跑姿很美。

「這是簽收卡，投遞順利完成了。」

新田部長笑著聆聽我的報告，說：

「謝謝妳，真的太謝謝妳了。這次妳等於是收了三個人的爛攤子呢，妳成功地辦到了我們辦不到的事，妳真是太令人讚佩的新人了！」

新人——真悅耳的詞，我忍不住自己喃喃起來：新人。再一次，這次對著小雨前輩喃喃：新人。但全被忽視了。

撇開玩笑，我繼續報告。

「都多虧了有千鶴協助我。」

我望向在辦公桌旁看漫畫看得唏哩嘩啦的千鶴，她發現大家在看她，急忙擦掉眼淚。

「我什麼也沒做，只是帶路而已。」

「別謙虛啦，女神。」

「我們離別郵務課的天使！」

「什、什麼啦～」

大家一同吹捧謙虛的千鶴，拿她焦急的樣子取樂，連小雨前輩也輕笑了一下。這次也多虧了他的提點幫助，其實應該跟他道聲謝才對，但那張笑容讓人有點不爽。

我們四目相接，同時我對他吐舌頭。小雨前輩立刻轉開視線，就像在說莫名其妙。確實莫名其妙，為什麼我會做出這種舉動？想著想著，腦袋亂成了一團，這份壓力該如何排遣？

對了，我想到了，我早有準備，以備這種情況之需。那就是一早就放進冰箱，期待在休息時間享用的甜點。

我哼著曲子打開冰箱，然後整個人呆住了。下一瞬間，我忍無可忍地大叫：

「喂！小雨前輩！你吃掉我的起司蛋糕對不對！」

「什麼？我不知道妳在講什麼。」

絕對就是這傢伙，不可能有別人。

我翻找附近的垃圾桶，不出所料，發現了起司蛋糕的容器。我把盒子挖出來，砸在小雨前輩的桌子上。

「我本來很期待要吃的！」

「誰叫妳放在冰箱裡，就算被人以為是人家送的吃掉也是活該，而且妳憑什麼一口咬定是我吃的？有什麼證據嗎？」

我目不轉睛地注視小雨前輩的臉，互瞪，我立刻就逮到證據了。

我傾注全部的憤怒大吼：

「你嘴巴上的蛋糕渣！這個人渣！」

P.S.
会いに
行っても
いいですか

第三章

「P.S. 可以去見你嗎？」

1

我在離別郵務課華麗地投遞信件，圓滑順利而且細心迅速地處理業務，但除此之外還有其他幹練並效率十足地進行的工作，那就是上午的窗口業務。在這裡，我也發揮天生的優秀能力，並受到前輩的另眼相待。今天我也親切地在郵務窗口應對客人。

「所以說！這是規格外郵件！貼八十二圓郵票不夠，現在要秤這封信有多重，依重量來決定郵資！」

「那貼在上面的八十二圓怎麼辦？」

「會扣除差額！一開始就說過了！」

不管我再怎麼仔細說明，這個大嬸就是聽不懂人話。我正要繼續解釋，肩膀被一把抓住，用力拖了回去。回頭一看，是前輩坂下女士。

她用眼神說讓她來。我站在後面看著，短短一分鐘，她就得到大嬸的理解，並支付差額。我不懂跟我的說明有什麼不一樣，不就一樣嗎？

大嬸盯著我的名牌說：

「佐佐羅小姐，妳的說明實在很難懂。」

「對……對不起。」

大嬸總算回去了。我也想回到窗口座位，但該說不出所料嗎？坂下前輩制止了我。

「那是風見女士，在附近租畫室畫畫。這次她是來寄信，但有時候會拿整幅畫來寄，要注意。」

「連那種東西都可以寄啊？」

「還有，佐佐羅，妳去顧『其他』窗口。」

「咦？……啊，好。」

「大家都對妳『另眼相看』——在各種意義上。」

簡而言之，就是在叫我「退下」，坂下前輩指的是「其他．諮詢」窗口。

「其他」窗口位在離門口最遠的地方，是詢問郵務、保險、儲金以外的事務的服務窗口，但事實上很少有人會來這裡，因為我們城鎮的居民如果遇到不明白的事，都會直接去問一進門看到的窗口。大部分的窗口人員都很好心，會直接幫忙解決問題。郵局貼近當地居民生活，這點貼心是當然的。

收取形形色色的郵件、販售郵票、與當地居民閒話家常、處理保險業務，一有空就打掃樓層、依照操作手冊排除ATM故障。如果單論一個小時的密度，或許比離別郵務課的工作更操勞。

離別郵務課其他的成員，也不是一整天只負責道別信的業務。他們和我一樣，上午都在其他部門。

比方說，新田部長負責從全鎮的郵筒收取信件，然後我將它們和窗口收到的郵件一起送到後方的分類區。千鶴所在的分類區，不僅是依郵件種類分類，還要分成送到本地的郵件，以及委託附近郵局送去遠地的郵件，而本地郵件則依區域或大廈社區更進一步細分。本地的郵件投遞，是收發課的小雨前輩的工作。在部門內，他的投遞速度似乎受到高度肯定，真令人不爽。

就在大家各自努力的時候，我卻只是和對面牆上的郵局海報上的藝人乾瞪眼。

「其他」窗口真的沒有人要來，因為就算有問題要問，也都會直接找附近的窗口。

不過。

偶爾也有這個窗口才能處理的事，有人會專程前來這個窗口。

而他們或她們都同樣地懷著某種煩惱前來。

「不好意思，請問離別郵務的郵票是在這裡購買嗎？」

「啊，是的，就是這裡。」

出現在窗口的是一名約七、八旬的老先生。

姿勢挺拔，一點都不像個老人家，身上的褐色西裝非常適合他，就連拿在手上的拐杖都極為自然，宛如身體的一部分。禮貌地摘下紳士帽向我打招呼的模樣，就像個管家。相貌和藹，眼角有顆特徵十足的痣，一想到這個人居然擁有每個偶像都想要的愛哭痣，我覺得有點好玩。

「敝姓峰岸。我從信箱收到的廣告單，得知有『離別郵務』這項服務，據說是專門為人遞送道別信是嗎？」

「我叫佐佐羅，是窗口人員兼離別郵務課的投遞人員。如您所知，離別郵務課是透過信件，替客戶傳遞離別的業務。當然，信件一定會送達收件人手中，投遞率是百分之百。」

「聽說投遞都是親手送交是嗎？」

「是的，投遞專員會親自前往收件地址，慎重地投遞每一封信。要寄送道別信，可以購買專門郵票，投入信箱，或是交到這個窗口。」

我拿出印有各種郵票圖案和金額的一覽表。右下角小小地介紹了離別郵務的郵票，感覺就像在說「這裡還有點空位，就借你好了」。

設計也和其他郵票有些不同，邊緣鑲了一圈淡藍色，裡面畫有一隻叼著信飛翔的藍鳥剪影。

離別郵務的專門郵票一張售價一二〇〇圓（不含稅），與其他郵票和郵件相比，價格貴了非常多。這似乎是為了避免有人出於惡作劇的心態投寄，但我依然覺得這種價格很沒良心，不過反過來說，也可以說有人願意即使付出如此高昂的代價，也要請人代為傳遞離別。就像眼前的這位峰岸老先生。

「那麼，我想要買一張專用的郵票。還有，可以指定投遞人員嗎？」

「指、指定嗎？我想想，應該可以。」

我們並沒有競爭人氣排行或投遞率的業績要求，而且若問哪個成員比較積極，每個人都差不多。工作分派給自己就會去做，而既然要做，就會做到好。離別郵務課的成員都是這樣的個性，包括我在內。

「那麼佐佐羅小姐，我希望將我的信件的投遞工作交給妳。」

「我嗎？為什麼？」

「因為妳長得很像我的孫女。」

「……這樣啊。」

「總是活力十足，對每個人都親切體貼，有意見就會明確地表達出來。」

總覺得好像自己被稱讚了一樣，我忍不住得意忘形起來：

「聰明伶俐，工作表現也很好對吧？我懂。」

「缺點是精力旺盛過頭，經常受傷，之前聽說她還遇上車禍骨折了。」

「……我會小心交通事故，信件我一定會確實送達，請放心。」

峰岸先生若無其事地微笑，讓人不知道那究竟是玩笑話還是真心話，就此離去了。

「這樣啊，指名啊。有時候會有這種情形，對了，佐佐羅也負責窗口業務，就算會有粉絲也不奇怪。」

我將上午的事告訴新田部長，詢問我能不能當這封信的負責人，理所當然地得到了許可。新田部長說現在每個人手上的投遞郵件都多到不能再多，也算是剛好。事實上，千鶴已經出門送信了。

「那麼，這次要請誰跟我一起去呢……？」

我悄悄瞄向小雨前輩，他在電腦螢幕前抱著頭，垂頭喪氣。平常這個時間帶，他應該會立刻諷刺「沒想到妳居然會主動志願投遞，這可不是能出於同情隨便答應的輕鬆差事，竟然被老人行將就木的魅力給騙去」，但今天卻什麼都沒有，令人納悶。

「秋鷹現在無暇分身。」新田部長客氣地說。

「出了什麼事嗎？」

「自己問他吧。」

小雨前輩注意到我的眼神，瞬間想要無視我，但還是嘆了一口氣，不甘不願地答道：

「我就像平常那樣，照著住址去投遞道別信。收件人叫山崎愛麗絲，我猜想是筆名之類的，沒想到……」

「沒想到？」

「那戶人家沒有人叫山崎愛麗絲。我正死了心要回來，發現庭院狗屋上的名字寫著『愛麗絲』，信是寫給狗的。」

「這要怎麼送啊？」

「所以我才煩惱啊……」

我本來想忍，卻實在是受不了這段沉默，噗嗤一聲爆笑出來，一旦爆發就再也收勢不住，我就這樣捧腹大笑了老半天。新田先生苦笑，小雨前輩尷尬地垂著頭。

「啊哈哈哈！所以小雨前輩就這樣沒轍地回來了！寄給狗！啊哈哈哈！」

「……」

「平常都拿一大疊簽收卡來現給我看，可是今天卻毫無收穫啊。哇，超丟臉的啦！」

「……」

「可是沒辦法，是寄給狗的嘛，真辛苦呢。如果可以，我也很想替你送信，不過在途中更換負責人，觀感不好嘛。啊，對了，就請那隻狗在簽收卡上簽名就好了嘛，在牠的肉球沾上墨水，蓋上去這樣……」

話還沒說完，我的頰肉已經被光速一把捏住了，嘴唇和舌頭往前擠出，變成了章魚嘴。居然一把捏住小姐的臉，這遠遠超越權勢騷擾的範疇了。

小雨前輩的臉猛地貼近，面對面對我說：

「想要妳別再耍嘴皮子，只要把這張嘴縫起來就行了嗎？還是整個人從窗戶推出去就行了？」

「我不想被縫，也不想被跳樓。」

「那就專心管好妳自己的郵件！反正每次出去送信，都只會哭哭啼啼地回來求救，連工作都幹不好的傢伙少管別人的閒事。如果妳沒有自覺的話，我順帶告訴妳工作表現差勁的人是什麼德行好了。比起成功的可能性，更優先尋找失敗時的藉口，覺得會成功的下一秒鐘就會失敗。只會做交代下來的事，其他事完全不做、不會做、不會自己找事做，這完全就是在說妳。只知道一個口令一個動作的話，狗都做得比妳好。喏，叫叫看，汪一下啊，汪一下就放開妳。」

「……汪。」

「懂了就快點去送信。這次我不能去，請新田部長陪妳吧，可以吧？」

小雨前輩以專門對付我的兇相看向新田部長。新田部長被嚇到，默默地連點了幾下頭，然後惡魔總算放開了我。我撫摸著熱辣辣發疼的臉頰，新田部長滿懷同情地拍了拍我的肩膀。

這次的投遞就這樣決定了。

「那麼，我們現在就去信上的住址看看吧！」

與我同行的是離別郵務課的老大新田部長。

2

我人正坐在車子裡。自從進郵局上班以後，這是我第一次坐上郵務車。

「車子耶！不是騎自行車也不是用走的！離別郵務課開車送信耶！」

「沒錯，車子！紅色的車！」

新田部長哈哈笑著回答。

我查了一下投遞的住址，發現雖然也可以坐電車去，但距離有些遠，要花不少交通費，因此新田部長靈機一動，去問投遞課能不能借他們的車。由於剛好正是投遞之間的空檔，新田部長以自己開車為條件，成功地借到了投遞課的車。

以前小雨前輩說，離別郵務課全靠新田部長的人德維持，我覺得似乎目睹了這番話的證據。

從住宅區經過商店街、車站，駛入公路。我沉浸在可以開車送信的感動之中，忽然發現自己和新田部長都沒有對話。車子裡一片寂靜。

平常我們雖然會順著閒聊說幾句話，但這是面試以後第一次兩個人獨處。

新田部長基本上是個好人，外表像個運動員，但個性溫柔，有時候還會在上班時間為大家泡茶，明明泡茶應該是我的工作。事實上我就被小雨前輩這樣唸過。

那個偏執的小雨前輩對新田部長信賴有加，我母親也單方面地暗戀人家。也因為老大這樣的身分，新田部長在離別郵務課的成員裡，也是有些特別的存在——在威嚴的意義上。若要列出他唯一的弱點，就是看不出有什麼弱點，這個人可以用大笑來解決一切，破壞力十足。

然後不出所料，打破沉默的還是新田部長。

「自從面試以後，這是第一次單獨跟妳說話呢，哈哈哈，已經過了大概一個月啊。妳是不是變壯了點？」

「體重的話，增加了兩公斤。部長是指這件事嗎？」

「啊，不是！我不是說體重啦。我說啊，女生真的太在乎體重了。我老婆也成天嚷嚷著要減肥，不過比起乾巴巴的人，有點小腹、富態的人，看上去不是比較幸福嗎？」

「說是這樣說，但全世界的女人都在努力維持適當的體重啊，可不是什麼小肚腩裡裝的是幸福這麼簡單的事。」

「適當的標準不是會隨著時代改變嗎？別管社會怎麼說，依自己的喜好決定體重就好了嘛，維持可以盡情享用喜歡的食物的體重就好了。像以前，胖女人才受歡迎，外國的話，現在依然是胖女人比較吃香。像我老婆，還被法國男人搭訕過呢。」

新田部長哈哈笑著聊起回憶，不過那是他太太的事，不是他自己的事。然後，體重話題意外地滿好聊的。

仔細想想，我還不太瞭解大家。最近我和千鶴變得要好，但還不知道小雨前輩和新田部長的過去。雖然大家的過往不清不楚這一點相當不可思議，但自己居然會好奇，也讓我驚訝。

「離別郵務課是什麼時候成立的？我想我高中畢業去東京的時候，還沒有這種服務。」

「我們是九年前成立的，明年剛好滿十年。上一代打算永遠持續下去，但能持續到現在，坦白說真是奇蹟。雖然我也一直在協助。」

九年前，那剛好是我離開那一年。這麼說的話，離別郵務課設立時，我正好去了東京，失之交臂了。一想到自己回到故鄉，進入為了逐夢而上京的那一年成立的事業部工作，總有一股近似空虛的感覺湧上心頭，但也不是不甘心，也並非無可挽回的後悔，而是一種可以笑著帶過、也只能笑著帶過的空虛。

「對了，那個三不五時就會出現在話題的上一代是怎樣的人？我還沒有見過吧？我知道他是離別郵務課的發起人。」

「沒錯，是發起人。他只提出企劃，成立事業部，活動了一年以後，就把部長的位置丟給我，揮揮衣袖退休去了。雖然偶爾會來關心一下，但現在過著隱居生活，總有一天會見到他的。」

「他是個很嚴的人嗎？」

「不知不覺間，許多人都受到他的照顧。他老是罵秋鷹『你太冷漠了』，對我則總是埋怨『你人太好了』。」

「那麼小雨前輩從成立的時候就在這個部門囉？」

「是上一代把他挖角過來的。」

小雨前輩仰慕新田部長和上一代的理由，儘管滿口牢騷，卻仍持續做這份工作的理由。我總覺得似乎就快逼近答案了。

「挖角？怎麼挖角？」

新田部長輕易地說出直指答案的線索來：

「秋鷹是離別郵務課第一個送信的對象。第一封道別信，收件人就是他。上一代在送信的過程中與他接觸，相當欣賞他。秋鷹似乎也很感激上一代，所以進來工作。那傢伙意外地很重情義。」

小雨前輩收到道別信，他是第一個收件人。

這真的是我可以侵門踏戶追問的事嗎？儘管感到遲疑，但我還是無法不問：

「……寄、寄件人是誰？」

「自己去問他吧。」

我輕咂了一下舌頭。只差關鍵一步，資訊卻被藏起來了。就算問小雨前輩，他也不可能告訴我，或許只能死了這條心。

「秋鷹就像妳看到的，份內的工作全都會獨力完成，他不喜歡欠別人吧。因為工作都能自己勝任，所以他看到工作拖拖拉拉的人，就會特別不耐煩。」

「我懂。」

我當下回答，接著問：

「可是，小雨前輩那種個性，怎麼能輕易讓別人簽收呢？他是隨便把信件送到就算了嗎？」

「沒這回事，我帶過秋鷹，他不是那種會馬虎交差的人。」

「但現在怎麼樣不曉得喔？」

「他是以他自己的方式去貼近收件人，秋鷹很清楚每個人最想要聽到的話是什麼，他觀察力很敏銳。」

那，為什麼他老是對我說出能確實殺傷我的話？我正要問，但不待開口就想到答案了。既然清楚別人渴望聽到什麼，自然也清楚最不想聽到的是什麼，真是太可惡了。

新田部長繼續說：

「每個公司、任何事業部都需要團隊合作，但他一個人也能做出成績。不過他那種個性，一百次裡面肯定會失敗一次。即使九十九次能做出貢獻，但會遇上一次大失敗。雖然不曉得那會是什麼時候，不過遇上那一次失敗的時候，佐佐羅，妳要好好支持他。」

「……我做得到嗎？倒是說，為什麼是我啊？」

「我就是為了這個目的，才指定秋鷹帶妳的。不只是為了妳，也是為了他。」

原來如此，我兀自恍然。新田部長居然如此用心良苦，也難怪小雨前輩會仰慕他。

「而且，秋鷹和妳有共通之處。那傢伙以前也待過東京，他是為了進入郵務課才搬來這裡的。他經常挑妳的毛病，不過也許是把他自己跟妳重疊在一起了。」

小雨前輩待過東京？怎麼回事，今天真是發現連連。

我想要知道更多。小雨前輩在東京做什麼？過著什麼樣的生活？雖然不知道為什麼，但我就是好想知道小雨前輩的事。

我正準備進一步追問時，新田部長轉移話題說「快到了」，我只好打消念頭，一起幫忙找地址。

車子駛離大馬路，進入住宅區，慢速前進，好查看電線杆上的地址標示。我從郵袋裡取出道別信，拿上面的住址和電線杆上的住址相比對。

「很近。」

「感覺應該在下一個轉角。」

新田部長穩健地開著車，緩慢地拐過狹窄的道路。整個彎進去之後，他突然踩了煞車，緊急煞車讓我和新田部長的身體往前栽去。

兩人茫茫然地看著眼前的景象。

「……這是怎麼回事？」

應該在那裡的房子消失得一乾二淨，成了一塊空地。

為了慎重起見，我四下查看，確定住址有沒有錯，但沒有其他相近的地址，毫無疑問，變成空地的這個地點就是收信地址。

我四下查看回來時，新田部長正在與鄰居交談。那是個年紀和我母親差不多的主婦，對於應該是突然來訪的陌生人的新田部長，已經完全笑臉相向了。感覺好像警察在問案，我在途中加入，聆聽對話。

「那塊空地以前住著姓峰岸的人家，是一對感情很好的老夫婦。」

我看看道別信的收件人，「峰岸紗良」，背面的寄件人是「峰岸霧人」。親自委託我投遞道別信的人叫峰岸霧人，我覺得他們應該是家人，收件人八成是太太。

問完之後，我們回到停在路邊的車上。

「看來遇上事故郵件了。」新田部長說。

事故郵件。在郵局工作一個月，至少也會聽到一次這個詞。

這是指由於某些原因或理由，無法送達的郵件。多半是未通知郵局住址變更，或是投遞的住址一直沒有人在家。而這次的情況，是收件地址本身的房屋已經拆除而無法投遞。

「收件人的紗良女士好像已經不在這裡了。」

「那怎麼辦？」

「去找寄件人霧人先生。」

「把信退回去嗎？請等一下，我在窗口跟人家保證，說道別信一定會送到收件人手中……」

「不是的，一般郵件的話，是會退回寄件人，但這是道別信，而我們是離別郵務課。就像妳說的，信一定會送到，所以必須先去找一下霧人先生，請他確定住址是否正確，或有沒有其他住址。」

新田部長溫和地指正操之過急的我。我總算冷靜下來，開始覺得即使是這樣的狀況，或許也還可以設法。

車子開了約三十分鐘，回到當地。峰岸先生的家位在住宅區一隅，我原本私下猜想他也許是個有塊農地的有錢人，因此看到住處位在住宅區中央，感到有些意外。

我按了門鈴，峰岸先生卻沒有出來應門，反而是隔壁家的門打開了。出來的是一個睡眼惺忪的大嬸，總覺得似曾相識，我立刻想起是早上被她客訴的風見女士，一陣心驚。

風見女士沒有發現是我，說：

「隔壁的峰岸先生最近搬走了。」

「……什麼？」

風見女士的話令我不敢置信，再三反問。風見女士也許是覺得我很煩，拿出搬家道別禮作證，道別禮上確實寫著峰岸的姓氏。搬家了，又來了？難以置信，那峰岸先生跑去哪裡了？

我急忙回到車上，向等待的新田部長報告。新田部長「唔唔」低吟，交抱起雙臂，沉默下去。

「怎麼辦……這封信完全無處可去了。」

「暫時是這樣，遇上這種情況，是有個法子。」

「難道有ＳＯＰ嗎？不愧是新田部長，快點告訴我！」

「這種時候呢，首先要大笑三聲。」

新田部長應道，接著決堤似地哈哈大笑起來。我垂下頭去，當場癱倒。

3

要繼續尋找寄件人峰岸先生，還是以投遞給收件人紗良女士為優先？我想了一整晚，結論是找到紗良女士，把信交給她。

寄件人把信寄出之後，就搬家消失了，這件事固然不可思議，但信差最重要的工作還是送信吧。至於霧人先生，我決定事後再私下尋找他的下落。

「所以我想要讀信，請允許我拆封。」

「所以妳個頭，當然不准。」

新田部長不在，所以我向指導者小雨前輩徵求同意。不出所料，當場駁回。截至今日，他有哪一次對我說過我想聽的話嗎？

「妳是因為第一次送信看到了內容，所以才會想到這種垃圾方法，但這原本是大忌中的大忌。那次是例外好嗎？廢物。郵件投遞員這個行業接觸到的個人資訊特別多，妳也差不多該有所自覺了吧？居然想偷看別人的信，真的太誇張了。」

「今天小雨前輩的舌頭特別靈轉呢，昨天讓你煩惱到哭的案子怎麼了？」

「我又沒哭，已經解決了。那封信其實是寫給那戶飼主人家的，我拆閱信件，發現表面上是寫給狗的，但詳讀解釋之後，發現內容也是在向飼主道別。真是，怎麼會有這麼拐彎抹角的寄件人。」

「是喔，真奇妙的案子呢……喂！你不是把信拆了嗎！」

「我有事先徵得收件人家的同意，但是妳沒有。妳只是想要任意拆閱。」

「寄件人峰岸先生親自拜託我把信送交給對方，他特別指定我送信，要我送達，所以我有義務把信送到。這不是在跟一般的離別郵務做比較，但這次雖然是碰巧，但我見過委託人本人，所以即使我讀了那封信尋找線索，他一定也會同意的。我會在事後好好道歉，當然，也會向收件人道歉。」

「但寄件人已經搬家了吧？」

「我會找到他啦。」

「……不，還是不行。」

談判破裂，都只差一步了。我死了心，就要坐下的時候，手機響了。接起來一聽，是新田部長打來的，周圍好像很吵，他人在外面嗎？

『不好意思！我人在外面！』

「新田部長找我有什麼事？」

『昨天的峰岸先生的信，打開來看看怎麼樣？』

「就是說嘛！果然還是應該這麼做嘛！」

聽到我的應答，小雨前輩急忙站起來，一把搶過手機。

「新田部長，什麼意思？你對這傢伙太驕縱了吧？沒必要破例，應該讓她從周邊一步一腳印地打聽，查出人在哪裡。」

接下來似乎還有一些對話，小雨前輩應著「嗯」、「是」、「請不要開玩笑！」之類的話，最後終於掛了電話，他粗魯地把手機從桌上滑過來還給我。

從小雨前輩的反應，我大概可以猜得出內容，不過也為了挖苦，我再次問他：

「怎麼樣？」

「……說可以拆閱。」

「耶！活該！」

「活該？」

後半不小心吐露心聲，我急忙摀住嘴巴。

小雨前輩不爽地說下去：

「新田部長臨時有急件要處理，我和桐生也還有其他的信要送，所以接下來妳自己一個人負責。」

「小雨前輩和千鶴那時候也是這樣呢，與其半途落跑，從一開始就全部交給我就好了嘛。」

「少得意忘形了，妳這個蝸牛。還有，我剛才也說過，拆閱信件是例外中的例外。當然，妳得覺悟到懲罰。」

「什麼懲罰？或者說，新田部長真的有提到什麼懲罰嗎？」

「為了得到線索而拆閱信件，這完全是我們的需要。所以萬一投遞失敗，信件無法送達時，妳要做好被革職的心理準備。投遞失敗的時候，不管是我還是新田部長，當然桐生也是，沒有人會包庇妳。」

革職，丟飯碗。

信件無法送達，也意味著離別郵務課的聲譽受損。如果再加上甚至拆閱了信件這個事實，搞不好甚至有可能導致事業部遭到廢除。這點後果我還能想像得到，可是……

「別小看我了！」

我取出辦公桌的剪刀，毫不猶豫地剪開信封，這是為了宣告及證明我絕對會把信送到。小雨前輩冷哼一聲，回到自己的座位。這下就再也無法回頭了，除了把信送到以外，我別無選擇了。

我細心地打開摺成四摺的信，拜託，起碼要有一點線索。我懷著祈禱開始讀信，內容如下：

紗良惠鑒：

一個人生活，我感受特別深刻的是每年冬季的寒冷，以及屋子的空曠。妳過得好嗎？石川七尾的森林，還是一樣坐落在大霧之中，一片幻想美景嗎？那是妳最愛的風景。

感覺自從妳被旅行中的森林景色所吸引後，我們的人生總是與森林同在。我可以回想起妳聽見幽濛的樹林深處傳來的鳥囀聲，笑逐顏開的那張表情。

年老之後，體力漸衰，我無法一個人前往石川了，所以我想在逗葉町這裡的森林，感受妳所看到的風景。

P.S. 我想在後天妳的生日去見妳，相信還能再次與妳一同生活。

六月五日　霧人筆

文章感覺上是以風景和旅行的回憶，抒情地傳達出峰岸先生與紗良女士的關係已經結束，但P. S.的部分讓我覺得很奇妙。去見妳？六月五日的後天，也就是明天，明天峰岸先生打算去見紗良女士嗎？他要去見道別的對象，甚至希望能夠再次一同生活。總覺得我心中對峰岸先生的印象有些改變了。

不過，我還是找到決定性的線索了。

「收件人紗良女士好像在石川縣七尾這個小鎮，我可以過去看看嗎？」

「過去？現在嗎？」

「我上網查了一下，搭新幹線大概要兩小時，不過去新幹線的車站，得花上一小時左右。」

「妳真的要去？」

小雨前輩坐著看我開始收拾東西，他似乎大受動搖。

「還有什麼真的假的，送信是我們的義務吧？『道別信』又不能交給其他郵局的人，而且事關我的飯碗。還有，新幹線的車票錢，事後可以報帳吧？」

「開什麼玩笑，妳以為業務部或會計會理妳嗎？妳絕對不准在報銷經費的時期提出去啊，我可不想惹麻煩。」

「那我走了。」

「報不了帳的！妳自掏腰包啊！」

我假裝沒聽見，離開辦公室。

石川，我來了！

4

搭乘在來線往都心地區前進，再從那裡轉搭新幹線，車程近兩小時。一眨眼就到了石川縣的金澤站，再從那裡轉搭當地線（名稱也很易懂，就叫JR七尾線）三十分鐘，暫時先依照直覺在七尾站下車。

抵達的時候，夕陽即將銜山了。不管身在何處，夕陽的色彩和形狀都是同一個模樣，讓人安心。不管在東京、在故鄉，還是第一次踏上的土地，都沒有不同。

尋找紗良女士之前，我決定先打通電話。

「喂，媽？今天不用準備我的晚飯，還有，我會在外面過夜。」

「什麼什麼？跟男友過夜嗎？難道是妳整天掛在嘴上的小雨前輩？就媽聽來，他好像是個滿S的人，妳要好好滿足人家的征服欲喔。」

「オ——不——是！」

我在母親亂猜之前立刻堵回去。

「是類似出差啦。要送信的對象好像住得很遠，所以我去了那裡。今天下午剛決定的，雖然有點晚，不過跟妳說一聲。」

「是喔？妳現在在哪？」

「石川。」

「石川?!」

電話另一頭傳來驚訝嗆咳的聲音，咳嗽聲遲遲沒有止住，讓人擔心。這麼說來，母親還在吃藥，本人說得沒什麼大不了，不過真的沒事嗎？

「欸，妳還好嗎？最近怎麼老是在咳嗽啊？」

「只是嚇了一跳而已。」

「那就好。」

「石川有名的地方就是金澤吧，還有能登半島嗎？特產當然是海產。媽很久以前去過，海鮮丼超好吃的，啊，真期待！我心愛的女兒一定會帶回超美味海產或是鄉土料理……」

我掛掉電話，真是白擔心了。

好了，七尾市，我得尋找身在此地某處的紗良女士。我在新幹線上查過地圖，知道這裡和我住的地方差不多，並不怎麼大，不過豪爽的是，城鎮有一半面積都被森林所占據。就像信上寫的，這裡有吸引了這對夫婦的森林。

要怎麼找到關鍵人物紗良女士？找派出所嗎？不行，對方一定不會理我，而且離別郵務應該不是普及全國各地的服務，肯定會招來懷疑。去市公所嗎？請他們查一下有沒有住址紀錄，就可以立刻找到，但那是外人可以隨便查詢的資訊嗎？我又沒有那類門路。

可以提供某程度的資訊，我又有門路的地方。

「唔，就只有那裡吧。」

我決定前往我的主場——郵局。

「離別郵務課？」

立刻就在窗口招來懷疑了，別說門路了，馬上就要吃閉門羹了。一廂情願地對郵局懷有親近感，真是空虛。

我在接近打烊的時刻前來，或許也是時機不巧。員工都累壞了，正以為總算可以下班了，卻跑來了一個未知生物（我）。

我從七尾站前往最近的郵局，與我任職的郵局相比，規模小得多，窗口也很少。這好像是我第一次看到比我們郵局還小的郵局，總之，我到進門之後最近的郵務窗口詢問。大家果然都會跑去找郵務窗口。

窗口人員是一名男子，戴著眼鏡，身材清瘦，只有嗓門大得跟什麼似的，讓人搞不懂到底是大主管還是小職員。窗口就只有這個男職員，其他還有一個女職員在後面的簡易辦公區盯著電腦。

「這是我的名片，這似乎是只有部分郵局才有的服務。」

為了這種狀況，我準備了名片。平常在送信的時候招來懷疑，怎麼樣都難以解釋的時候，人家會叫我拿出名片來。名片上印有我的名字，職位欄則是「離別郵務投遞人員」，右上角是郵局標誌和離別郵務課專屬的ＬＯＧＯ。

「咦，原來有這種服務啊。」

男子端詳著名片說，我看他的名牌，得知他叫佐佐木。佐佐木不停地翻著名片，或拿起來對著光看，幾乎要舔遍整張紙似地檢查有無偽造情事，但似乎還是無法信服，開始敲打電腦鍵盤進行搜尋。是這個嗎？他向我出示的是幾年前的報導，標題是「郵局發表道別信服務，全國數家郵局展開試辦」。

「對了，這個服務的事業部長是誰？」

「新田部長，新田剛，你認識嗎？」

「什麼，原來是新田先生嗎！怎麼不早講嘛！害我還特地花時間查，真是的。」

「……抱歉。」

新田部長到底是什麼人？人望值到底有多高啊？搞不好他比我想像的更厲害嗎？原來不是個只會哈哈大笑的吉祥物嗎？

「好，我幫妳吧。那，來自遠方的郵差小姐，妳來找我們有什麼事？」

「……一下子變得真友善吶。」

「咦？」

「沒事，我在找一個人，希望查一下你們郵局的資料庫裡面有沒有這個人的住址，她叫峰岸紗良。」

佐佐木先生向女職員使了個眼色，女職員的手指高速敲打，幾分鐘後，送來搖頭的回應。那個女的絕對是打定主意不想浪費力氣說半句話。

「就是這樣，抱歉，看來幫不上忙了。」

「有沒有什麼其他的方法？我只知道她的名字，還有她住在附近……」

「無論如何都要找到她的話，明天我可以陪妳去市公所查資料。我跟那裡的人還算有點交情。」

「務必拜託，今晚我會在這裡過夜。」

「我介紹便宜的旅館給妳。」

佐佐木先生最後寫了張便條給我，這讓我見識到新田部長的人面之廣。

我離開郵局，同時鐵門在身後拉上，真教人搞不懂我算是貴客還是不速之客。

郵局位在樸素的住宅區附近，因此周圍陰暗。我先回到站前，打算逛一下來這裡的路上看到的美食街。直到早上之前都無事可做，先填一下肚子吧。母親說石川的特產是海產，海鮮丼應該不錯喔，我開始想吃了。

我來到美食街的拱門前，滿懷期待地準備開始逛，這時一名男子從旁邊經過。

「又輸光了，可惡！」

那只是語帶不甘的自言自語，我卻認得那聲音。我覺得那是絕不能放過的聲音，忍不住回過頭去。我拚命回想起男子的身分，擠出聲音，小小聲地問：

「難道是冷硬派？」

男子的腳步倏地頓住了，他驀地回頭，眼睛與我對上。「噫！」男子怪叫。「噫！」我也反應，錯不了，就是冷硬派一鄉。

「你怎麼會在這種地方！」

「那是我要說的話！居然查到我的老家來了嗎！妳未免太恐怖了吧！妳真的是郵差嗎！」

瞬間，一鄉拔腿狂奔。我當然追了上去，我們穿過熱鬧的美食街人潮。這裡似乎是他的老家地盤，難怪速度飛快。我無視所有的餐廳，追趕一鄉。

「把信收下啦！你的信我現在也帶在身上！」

「不要過來！不要來不要來不要來啊啊啊！」

一鄉狂喊著，從屁股口袋裡抓出什麼東西朝我一撒，是紙張，不要亂丟垃圾！我大叫，但他已經拐過轉角消失了。那種溜法，是熟悉這一帶的行動，初來乍到的我不可能追得上。

由於路人都在看，我無可奈何，撿起一鄉亂撒的垃圾，那些紙全是落空的賽馬券和彩券。下次遇到他，我一定要狠狠地揍他一拳。

附近還掉了一支鉛筆，我以為是一鄉的東西，也一併撿起來。拿起來一看，身體忍不住僵住了。

「……怎麼會在這種地上遇到你？」

是我在東京任職的文具廠商的產品，光是看到那家公司的產品，身在東京時的種種回憶就像絲線般一下子被拉了出來。我差點要把它一把折斷，但還是收起來帶回去了。

我吃了晚飯，點了有點貴的海鮮丼，拍照寄給母親，並當成進度報告寄給小雨前輩，然後前往佐佐木先生介紹的商務旅館。抵達客房時，只有小雨前輩回了句簡短的「去死吧」。疲勞滲透全身，就像滲入衣服的油污般。

我倒向床上，屁股一陣刺痛，拿出來一看，是剛才的鉛筆。我覺得它不重要了，隨手扔到一邊去。

沒帶內衣褲和替換的衣服，實在難受。以前從來不會碰上這種狀況，都是因為做了這份工作的關係呢，我心中懷恨，笑意卻湧上心頭。我簡單地沖了個澡，用廉價備品的洗髮精用力搓洗頭髮，只穿了內衣褲，再次回到床上。

清爽一些後，我再次集中精神，從郵袋裡取出峰岸先生的信，重新閱讀內容。P.S.的部分還是令人在意，上面說後天要去見對方，表示明天或許峰岸先生會來這裡。那麼在車站埋伏他怎麼樣？解釋狀況，請他協助？我想了一下，結論是不行，而且他又不一定會在七尾站下車。

為什麼峰岸先生會寄信到根本無法寄達的地址？

就像新田部長說的，是記錯地址了嗎？還是明知道不是，卻不小心寫了錯誤的地址？或者根本是故意的？

我總覺得是故意的。我遇到的峰岸先生，是個非常有條理、感覺很聰明的人，完全不像開始出現痴呆症狀的人。

寄信到不可能收件的地址，意思是即使無法送達也無所謂嗎？不懂。還是他以為只要寄到以前的地址，就會自動轉送到現居地？寄件人和收件人很不合理，內容也有些離奇。這次的案子，跟過去的有些不太一樣。

信的內容已經徹底讀透了，最後我望向信封。送信的時候，必須以確實封好的狀態交出去，因此我當然也保留著信封。我躺在床上看著那只信封，浮現無關緊要的感想：好漂亮的字。

燈光刺眼，我拿起信封遮在視線與燈光之間，這真的只是不經意的動作。

然後有東西浮現出來了。

「這什麼！」

我忍不住跳起來，再次把信封拿到燈光底下，結果果真沒錯，住址的部分有重寫的痕跡。是用鉛筆寫好後，再仔細地擦掉的痕跡。儘管隱隱約約，但表面由於筆壓而浮現出文字來。

我急忙趴到地上，尋找剛才扔掉的鉛筆。它掉在地板角落，我內心向它賠不是，拜託它再次幫我一把。

我用鉛筆輕輕塗擦信封的住址欄，是每個人小學的時候都從老師那裡學過的技巧。文字浮現出來，石川縣七尾市，以及接下來詳細的住址。

「太棒了！」

也許是寫到一半打消了念頭，地址缺了最後的門牌號碼，但這是重大的線索。只要在這附近打聽，尋找峰岸紗良這個人就行了。

我打開手機想要叫出地圖程式，但GPS沒有反應，一動也不動。我想起是網路流量已經到達上限了，啊，都是之前熬夜看搞笑影片害的啦，我好恨上星期的自己。看來只能乖乖等到早上，請佐佐木先生幫忙搜尋了。

這天晚上，我當然一夜未眠。

「早，佐佐羅小姐，妳來得真早。我請妳早上過來，沒想到妳一開門就來了。」

「佐佐木先生！可以請你查一下這個住址嗎？應該可以大幅縮小範圍。」

「但我們郵局的資料庫沒有峰岸紗良這個名字。」

「很多人沒有在郵局登錄住址，也住在這裡啊。」
「是這樣沒錯……嗯，好吧。」
我將從信封抄下來的住址便條交給佐佐木先生，請他查詢。他把整台筆電搬過來，讓我看查詢結果。
「不行，這個地址只有森林，其他頂多就只有寺院而已，是不是搞錯了？」
「不會錯的！」
我看著螢幕上的地圖，確實別說住宅區了，連道路都沒有，附近只有幾個寺院記號。但仔細一看，除了寺院以外，還有一個不同的記號，一大片土地裡的奇妙記號。
「這是什麼？」
「哦，這個更不可能了。」
佐佐木先生移動游標，標記地點。
看到顯示的文字，身體不知為何一陣戰慄。
「看，這裡是墓園，是墳地。」
墓園。
墳地。

這時，就彷彿躲在哪裡偷看一樣，手機剛好響了起來。聲音從我的口袋傳出，掏出來一看，是新田部長打來的。

『早，佐佐羅，聽說妳現在在石川？真厲害，進展到哪了？』

「是，唔，還沒有找到線索……」

『關於這件事，其實我有點不好的預感。其實我叫妳拆閱信件以後，自己也再查了一下。』

「什麼意思？」

我聽說他在忙別的事。

『前天我們去了信上的收件地址對吧？我去了那裡的市公所，說明狀況，請對方幫忙確認，結果發現峰岸紗良女士五年前就已經過世了。』

我應該要大吃一驚，腦袋卻冷靜地運轉著。峰岸紗良女士過世了，峰岸先生原本在信封寫下地址，卻又擦掉了，而他擦掉的地址是墓園。峰岸先生早就知道紗良女士過世的事。

那麼，信件的內容會是什麼意思？寫給過世的人的信，是在為兩人的死別惋惜？

不對。

不是這樣。

讀完信後，我一直有種奇妙的感覺，是過去的道別信沒有的印象。它的真面目是——

『一個人生活，我感受特別深刻的是每年冬季的寒冷，以及屋子的空曠。』

『我想在後天妳的生日去見妳。』

『相信還能再次與妳一同生活。』

我想到答案，忍不住拔腿跑了出去。佐佐木先生在身後喊著：「妳怎麼了?!」我回過頭，明明對方不可能懂，但失去理智的我還是忍不住要喊：

「我得回去！峰岸先生想要尋死！」

5

我立刻回電給新田部長，電車已經開始行駛，車廂裡有幾個人投來責怪的眼神。如果遵守車廂內不講手機的禮節可以救人一命，我會立刻閉嘴，但現在不是管這些的時候。

「所以請你快點找到峰岸先生！他年約七八十歲，很適合褐色西裝，撐著拐杖，對了，他的眼角有顆痣！還有、還有……」

『冷靜點，佐佐羅。』

電話換成小雨前輩接聽了，聽到他的聲音，我知道自己的身體整個緊繃起來。我得振作起來才行，我必須是現在最冷靜的人才行。小雨前輩的聲音讓我這麼覺得。

『光會吵，猴子也辦得到，妳要證明妳不是猴子。』

「信上寫著後天要去見收件人，但收件人已經過世了。會把信寄到不可能收信的地址，也是為了在自己死前留下最後的訊息。峰岸先生也說他老了，沒有體力，應該不會跑去太遠的地方。」

『把信唸出來。』

「咦？」

『信。再唸一次給我聽。』

我從郵袋取出信件，慢慢地讀出信上的內容。小雨前輩沒有插嘴，只是默默地聆聽。讀完之後，是幾秒鐘的沉默，接著他回答：

『上面說「體力漸衰，我無法一個人前往石川了，所以我想在逗葉町這裡的森林，感受妳所看到的風景」。這個城鎮有許多農地和河川，但森林只有一座。高中以前都住在這裡的妳，應該知道是哪裡吧？』

「……蘆花森林。」

那是小時候我常去玩的山，有人去那裡健行，也有人在山腳下的公園休閒遊憩。那是一座很大的公園，寵物犬可以在那裡盡情奔跑。那座山雖然看起來什麼都沒有，卻應有盡有，上山之後，也有茂密的森林。

『峰岸先生前天搬走了，今天以前，他都待在哪裡？』

「會不會已經上山了？」

不吃不喝，一直待在山裡？就一直在等待這一天？被妻子留下的峰岸先生，不斷地忍耐，直到今天。

「要報警嗎？」

『沒時間了吧？新田部長和桐生聽到電話內容，已經出門了。我也要掛電話了。』

「蘆花山有東西南北四條登山道，要上山的話，他應該是走其中一條。」

『妳回來以後，去找北邊那條，我們從其他三條上山。』

「小雨前輩，拜託你了……還有，謝謝你。」

『我要掛了。』

那回答雖然冷淡，但我知道它比什麼都要溫柔，搞不好他像平常那樣痛罵我一頓，感覺會更好過一些。離別郵務課的成員都總動員去找人了，卻只有我一個人身在遠處，無能為力，為什麼我會身在這種當地線的電車上？

真不甘心，急死人了。

怎麼會有這種心情？

從來不曾有過這樣的事。我興沖沖地想著一定要把信送到，卻甚至沒能看透委託人的本質。

我不像小雨前輩那樣做事有要領，也不像新田部長那樣有門路，也不像千鶴那樣溫柔。

這樣的我，能夠做什麼？

下了新幹線以後，立刻衝向在來線。我拚命按捺想要大喊「讓開」的衝動，分開人潮，跳上電車。我查看了手機好幾次，但小雨前輩等三人都沒有連絡。

到站之後，我搭乘計程車，一路朝蘆花山前進。距離北邊的登山口，需要三十分鐘的車程。

現實真是麻煩，這要是電影、電視劇、漫畫或小說，切換一下場面，立刻就可以抵達現場了，沒想到居然要拖拖拉拉這麼久。

打開手機一看，有一則簡訊，是小雨前輩傳來的。「我們三個都上山了，還沒有找到。」這個城鎮的森林就只有一座，但也因為只有一座，相當遼闊，兩、三個小時實在找不到人。

來到登山口了，我立刻上山。山上颳著強風，每走一步，都像要被推回來一樣。樹葉在頭頂嘩嘩搖動，平時聽了心曠神怡的聲音，現在卻只是撩撥起不安。

開始送道別信以後，總覺得上山的次數變多了。上次的美月也是這樣，這個地區的人是怎麼搞的？有遇到迷惘就要上山的文化嗎？真想拜託他們去更容易找到的地方。想到這裡，我恍然大悟：啊，這一帶難以找到的地方，就只有森林或山裡了嘛，會選擇柑仔店當成離家出走的去處的我，或許才是個怪咖。

我專心一意地在登山道上前進。

「峰岸先生！」

我大喊，得到的回應只有自己的迴音。

我仔細地觀察路邊，查看有沒有花草被踩踏，或是有人偏離道路進入樹林的痕跡。我也向擦身而過的人詢問有沒有看到如同峰岸先生特徵的人，但沒有收穫。

走在景色毫無變化的茂密森林裡，不斷地尋找目標人物。我把這樣的自己和在東京追逐看不見的夢想時的自己重疊在一起了，真的有終點嗎？有答案嗎？只有自信與自尊逐漸磨耗、年老，能量枯竭，然後終有一天——

就在我即將垂下頭去的瞬間，發現前方掉了一根拐杖，它沒有完全被草叢掩蓋，有一半露出了登山道。如果完全掉在草叢裡，或許我就沒辦法發現了。

我撿起拐杖，四下張望，發現被踩踏的草木痕跡，痕跡呈一直線延伸而出。

「峰岸先生！我是離別郵務課的佐佐羅！請回答我！」

我走上踩踏雜草形成的小徑，凝目細看，前方有一塊沒有樹木的地方。視野突然變得開闊，光線照射下來。那裡有個人影，人影呈逆光，無法看清楚身影。峰岸先生！我再次呼喊，人影搖晃了。

森林裡突然變得開闊之處，峰岸先生怎麼會在那種地方？灑落的陽光照亮他的周圍。

峰岸先生動了，視線望著下方，好像在俯視著什麼。
俯視？
到了這時，我總算理解峰岸先生站在什麼樣的地方了。
我急忙跑向那裡。我不停地呼喊，但峰岸先生一步一步地朝著俯視的前方走去。因為沒有拐杖，因此走得搖搖晃晃的。
森林中開闊的地方，陽光照射得到的地方。在有一定高度的山上，而且可以俯視的地方，這種場所，就只有懸崖而已了。事到如今我才想起小時候當地的大人警告過我山上哪幾處有懸崖，叫我絕對不可以靠近的事。真是顆廢物腦。
峰岸先生停下腳步，接著就這樣直挺挺地往前倒去，就彷彿前方有張柔軟的床鋪似地，就彷彿疲倦了，說著「晚安」似地，身體往前傾倒。
我一個猛衝，從峰岸先生的旁邊飛撲上去。就像硬把他從一股巨大的力量拖離似地，將他撲倒在地。
倒地的時候，我讓自己墊在底下，支撐住峰岸先生。我本能地如此行動，讓我感到有些驕傲。
「峰岸先生！你還好嗎！」

我心想不能突然爬起來，維持只撐起上半身的狀態扶著他。峰岸先生似乎還無法接受自殺被阻止的事實，茫然若失。在窗口見到時以髮油梳整的頭髮，現在亂成了一團，褐色的西裝也許是吸收了汗水，微微散發出酸味。

峰岸先生似乎總算回過神來，看到我，小小聲地說：「佐佐羅小姐……」

然後他開始抵抗。

他推開我的肩膀，到處亂踢，想要逃離我的拘束。這意外的行動，這次換我不知所措了，為什麼？為什麼要這樣？

即使向他說話，也沒有反應。他默默地、以可怕的力道反抗著，我實在不明白他哪來這麼大的力氣，好幾次想要抓住他的手，都被甩開了。峰岸先生還沒有放棄尋死。

「不要掙扎！」

「放、開我！」

峰岸先生揮動的手撞到我的心窩，我一陣呼吸不過來，全身麻痺，身子癱軟，峰岸先生趁機站了起來。我拚命伸手想要抓住他的腳踝，但被他閃過了。

就在這時，一個人影從背後衝來，抓住又要跳崖的峰岸先生的手，是男性魁梧的軀體和手臂。

「小雨前……」

我說到一半，看到對方的臉，是新田部長。我立刻閉嘴，好掩飾誤會。

新田部長牢牢地抓住峰岸先生，他完美地拘束對方，峰岸先生終於死心了。

我總算放下心來，倒地攤成了大字型。

我和峰岸先生並坐在地上，一起望著他原本應該要跳下去的崖上風景。新田部長拉開一段距離，讓我和峰岸先生獨處。

「妳怎麼會知道我在這裡？」平靜下來的峰岸先生問。

「對不起，我拆閱了您的信。雖然是為了把信送達，但任意這麼做，真的對不起，我打算事後好好向您賠罪的。」

雖然這「事後」差點一輩子都等不到了。

峰岸先生尷尬地別開目光，接下來是一段沉默。頭頂的樹木傳來樹葉沙沙聲，這聲音已經不會再撩撥起內心的不安了。

「峰岸先生……」

「能不能讓我走了？內人離開以後，這五年的日子就像是黑白的。每次來到這座森林，我都會想起內人的笑容，這令我心如刀割，難以承受。」

「不行，不可以。」

我一口回絕，雖然不知道能不能做得像小雨前輩那麼好，但我相信這就是峰岸先生想要聽到的話。

搭乘新幹線過來的期間，我並非只是焦急心慌而已。峰岸先生所寫的信件內容、上面的住址，我努力去逐一理解它們的意義。

「您原本想要寫紗良女士永眠的墓園地址對吧？但您打消了念頭，然後您寫下了以前您們一同生活、充滿回憶的那個家的住址。因為您太難受了，因為儘管您在信上明白紗良女士已經過世了，但其實您在心裡仍無法完全接受。您是個溫柔的人，您比任何人都深愛著紗良女士。」

「她是無可取代的。」

「既然如此，為什麼要做出讓紗良女士傷心的傻事？」

雖然很陳腔濫調。

雖然是任何人都能說的話。

但就算做這種事，紗良女士也不會開心，居然挑在她的生日尋死。

「就算您現在死了，紗良女士也不會想要再和您一起生活。」

「佐佐羅小姐，我已經夠苦了，請妳諒解。」

峰岸先生求助似地抓住我的肩膀，但這次力道極為虛弱。

「內人走了，女兒和兒子就留給我一幢大房子，我一個人住在那裡，那種感覺妳懂嗎？雖然常說大都市冷漠，鄉下溫暖，但根本沒這回事。不管去到哪裡，人的行動都是一樣的。」

他愈說愈激動。

「我覺得自己不被任何人、不被社會所需要。我沒有內人這個可以彼此扶持、依偎的伴侶了，所以我只能倒下去了。」

「別任性了！」

我厲聲罵道，峰岸先生瞪圓了眼睛，就像被摑了一巴掌。

我明白，我明白這很失禮。我清楚對方是我人生的大前輩，但我還是繼續說下去，我有義務告訴他。

「既然如此，為什麼要寄信？您應該也可以默默地消失的。」

「這……」

「我把它解讀為您無言的訊息。我覺得是您在求救，就算您說不是，我也這麼認定。我涉入了這件事，為了負起責任，我必須阻止您。我身為被指名的投遞人，要干涉您到最後一刻。」

當時我好開心。在窗口被指名為投遞人時，我以為我受到信任。

我覺得回到這個小鎮以後，第一次得到了肯定。

所以我想要確實地達成職責。

「我是個死纏爛打又厚臉皮的人，而且很卑鄙，上司也常罵我是沒用的廢物。所以峰岸先生，既然您把我牽扯進來，您就要有心理準備。」

峰岸先生已經放開了我的肩膀，卸掉了力氣，他把體重壓在我扶著他的手上。

「以後或許我也會三不五時去府上拜訪，或許會跟您閒話家常，有時候大剌剌地進去喝茶。如果有什麼我身為投遞員能做的事，當然也請讓我效勞。」

我將自己的手疊在峰岸先生布滿皺紋的溫暖的手上。

「如果您一個人沒辦法，我可以陪您去七尾的森林。您要寫一封更像樣一點的道別信，而不是這種信，然後我們一起送去怎麼樣？離別帶來的，一定不只有悲傷和寂寞而已。」

這樣就說完了，想說的話，我全部都說出來了。

如果還是無法說服，那就只好讓他跳崖了，到時候我會爽快地推他一把。

雖然是開玩笑的，但有一半是認真的，這就是我的做法。

就算煩人、就算沒用，也要好好地陪伴。

沒多久，峰岸先生重拾了溫柔的笑容。

「……佐佐羅小姐，我有個請求。」

「什麼事都儘管說吧！」

「爬上這裡，耗盡我全部的體力了，可以請妳扶我下山嗎？」

「那當然了！我來揹您！」

峰岸先生放聲笑了起來，是充滿活力、讓人感覺到年輕氣息的笑聲。

我揹起他，感受到他的重量。那是改變一個人的人生、立下覺悟奉陪到底的重量。

還有一件事，回程的時候，新田部長在旁邊悄聲低喃：

「我不是秋鷹，真抱歉啊。」

看到那張調皮的笑容，我一下意會到他在說什麼，是指先前我誤以為拉住準備跳崖的峰岸先生的人是小雨前輩的發言。

我扭開臉，就像要逃離羞恥似地加快了腳步。

6

三天後，我和峰岸先生來到了石川縣七尾市，紗良女士永眠的墓園。我隨侍在側，扶持峰岸先生。

我在紗良女士的墓前合掌，並向她致意：

「我是離別郵務課的佐佐羅，為您送來您的離別。」

我將峰岸先生重寫的信供在墓前。

我不知道信裡寫了些什麼，投遞人不會知道信件內容，但從寄件人的表情猜想裡頭寫了些什麼，應該是自由的，也不會遭天譴吧。看到峰岸先生平靜的表情，我這樣想。

還有一件事，由於阻止了峰岸先生尋死、扛起了這份責任，我有必須盡到的義務。

峰岸先生膜拜完後，站了起來。他往墓園出口走去，但很快就停下腳步了，那裡有我請來的人。

是兩對年約五十多歲的夫妻，中間有個約小學生年紀的少年，和大學生年紀的女孩。雖然今天第一次見到，不過確實就像峰岸先生說的，那個大學女生長得很像以前的我。

他們是峰岸先生的家人：女兒女婿和兒子媳婦，以及兩個孫子。至於我是怎麼請他們來的，這裡就不贅述了，就算炫耀自己有多辛苦，也只是掃興而已。

峰岸先生想要加快腳步迎上去，兩對夫妻察覺，急忙走來，免得峰岸先生勉強自己。我在稍遠的地方看著，因此聽不見家人對峰岸先生說了些什麼。有幾個人哭了，幾個人笑了，峰岸先生也笑了。

峰岸先生應該會和家人一起回去。往後他們應該也會慢慢討論是否要買回那棟房子，而其中不需要我的介入。

臨別之際，峰岸先生從懷裡取出筆來：

「聽說需要簽收，如果可以的話，這次讓我代替內人簽收吧。」

我遞出簽收卡，請他在上面簽了「峰岸霧人」。

「佐佐羅小姐，我真的很慶幸這次是由妳為我投遞信件。」

我一個人留下，一直目送直到峰岸先生與家人的身影完全消失，然後才不顧自己的年紀，當場瘋狂跳躍。讓這件事完美落幕，讓我開心得不得了。

我再次重複地方線與新幹線之旅，這天傍晚便回到了逗葉町。

我也回去吧。

頭也不回地，回到離別郵務課的辦公室。

辦公室裡所有的人都在，時間早已超過下班的五點了，但大家好像都在等我。我第一個走向小雨前輩，把簽了名的簽收卡交給他。小雨前輩哼了一聲看過卡片，遞給千鶴，最後由新田部長確實收下。

「這下我就不必被開除了吧？」

「妳破例太多次了，起碼有一次正常的投遞好嗎？」

「上次謝謝你了，還有千鶴和新田部長，真的謝謝你們幫我。」

我向眾人行禮，千鶴昨天前就已經哭得像個淚人兒了，但現在眼眶又開始泛淚了。

最後離開辦公室的人要負責關門窗和電源，今天由我來負責，畢竟大家對我有恩，而且還有這次案子的文書工作要處理。

千鶴和新田部長依序收拾東西回去了，只留下小雨前輩。

我們沒有對話，我覺得似乎非說點什麼不可，卻想不到該說什麼好。看來小雨前輩也感受到這樣的氣氛了。

小雨前輩無法忍受，想要離開。平常的話，我會默默目送他的背影，今天卻脫口叫住了他。

「幹嘛？打算幫我付上次爬山造成的肌肉痠痛醫藥費嗎？妳可好了，半路才加入搜索，卻比我們更快找到峰岸先生，不用好幾個小時都在完全不對的地方繞來繞去瞎找半天。」

「我已經道歉過很多次，也道謝過了啊。」

「口惠不如實惠，冰箱裡隨時都要準備好布丁。」

「……就是成天懶散地窩在辦公室裡吃布丁，才會運動不足，我可以想像不久後你就會冒出大肚腩。」

「妳說了什麼嗎？」

「不，沒事。」

「懶散的是妳才對吧？有大肚腩的也是妳。」

「明明就聽見了嘛！而且還性騷擾！」

對話到了最後，結果還是變成了平常的互罵對槓。

但今天我沒有就此撤退。我有事情想問，所以才叫住小雨前輩的。

「小雨前輩，你是離別郵務課第一個送信的對象對吧？是這項服務開始後，第一個收到道別信的人。」

背後感覺到視線。不敢回頭對望的我真是卑鄙，明明在問重要的事，卻擺出隨時都可以逃跑的態度。

「……新田部長告訴妳的嗎？」

「對，之前一起去送信的時候。」

「他真是個大嘴巴，原來妳是那種以打探別人的過去為樂的膚淺傢伙嗎？」

「才不是，我才不是膚淺的人……」

只是非常好奇。

身為成員之一，對，我完全只是想要盡可能瞭解共事的夥伴的來歷，是一種確認，別無他意。

「那妳甚至叫住我也要打聽的，就是這件事？」

「寫信給你的人是誰？」

小雨前輩瞬間沉默了，他短促地吸了一口氣，我知道他是因為緊張而呼吸亂了拍，我也常會這樣。

片刻之後——肯定是小雨前輩內心的波瀾又恢復如常後，他這麼回答：

「妳不是個膚淺的人吧？拜。」

說完後，他就這樣離開了。

辦公室的燈幾乎都熄了，只剩下我的座位還有燈光。

問題遭到拒絕，我受到不小的打擊，這是不甘心嗎？還是……

某種感情橫溢而出，我掩飾般地大喊：

「氣死人啦！」

回家的時候已經八點多了，我打開玄關說我回來了，卻沒有回應。

走廊和房間的燈全都亮著，還以為母親總算改掉之前忘記鎖門的壞毛病，沒想到這次換成了浪費電。

母親躺在客廳睡著了，我輕輕地把石川買來的伴手禮放到旁邊。

先前往浴室，迅速地沖完澡出來。肚子餓了，我想快點吃晚飯，平常桌上都擺著包著保鮮膜的飯菜，今天卻空空如也。

我訝異地前往廚房，發現爐子上的平底鍋正在冒煙。火居然開著沒關，我嚇到眼珠子差點跳出來，急忙滅火，將換氣扇開到最大。

平底鍋上有化成焦炭的物體，它甚至微微地冒著火，發出詭異的噗滋噗滋聲響，先前那裡應該有名為料理的物體。

全部處理完後，我跑去找在客廳睡覺的母親。

「喂，媽！妳平底鍋的火沒有關！小心一點啦，啊我的晚飯怎麼……辦……？」

我發現沉睡的母親身邊散落著許多藥丸，那些藥丸凌亂地掉在地上，怎麼看都不像是故意放在那裡的。母親真的是在睡覺嗎？直到這時，我才擔心起來。

拜託，一定是媽像平常那樣在開玩笑，她一定只是睡昏頭而已。

「媽！」我喊叫，搖晃母親，然而不管再怎麼搖，她都沒有醒來。

又過了二十分鐘，我叫的救護車終於來了。

拝啓、さよならを言いたいのは

最終章
「敬啟者，我之所以要說再見」

1

空無一物的故鄉天空只是無止境地寬廣，那片景色實在是過於渺小，難以形容為優雅，當時總令我厭惡萬分。

我以為只要去了東京，就會有所改變，然而大樓叢林間的天空狹隘無比，這回我又受不了那種侷促。

失去所有的一切回來時，我以為世上再也沒有我的容身之處。

2

母親被送去的醫院，是兩站以外的綜合醫院，綜合醫院也只是虛有其名，各科門診分成不同房間而已。我在東京時，因為流感去看病的醫院還比這裡大多了，住院病患集中在醫院不大的土地裡另外的住院大樓。

我不太喜歡醫院，也不認識有哪個人是喜歡醫院的，因為來醫院的都是些身體孱弱的人，因此完全感受不到力量。這裡每個人都不約而同，話聲虛弱模糊。是覺得如果被死神聽見對話，就會被帶走嗎？來到住院大樓後，這樣的沉默變得更為顯著。

我來到母親的病房前，三〇二號室，名牌上寫著「佐佐羅美代子」。

我敲門，沒有回應，於是自己打開來。床上有個人影蓋著被子，我朝那裡走去。

走過去一看，只見母親睜著眼睛，一動也不動，嘴巴半張，手無力地從床邊垂落下來，附近掉著護士鈴，另一隻手忍受痛苦似地緊抓著床單。

我默默地把提來的紙袋的內容物全部倒在母親的肚子上，裡面裝的是婦女雜誌和以前讀過的漫畫書。

咕……！母親呻吟，爬了起來。

「動作輕點好嗎？虧人家演得那麼逼真，媲美女星對吧？」

「就是演技太逼真，我才嚇到把漫畫都倒出來了啦！」

「咦，這女兒也太沒心肝了。」

話一說完，立刻又嗆咳起來。我以為她又在演戲，沒有搭理，但這次是真咳。關心得太慢，讓我有些罪惡感，不是道歉而是問：

「妳真的沒事嗎？」

「只是貧血而已，卻是這種高規格待遇呢。還附早午晚一日三餐，想要的話，隨時都可以出去散步，也有聊得很投機的人，很愉快啊。」

「那就好。」

「我反而比較擔心妳。」

我想不到有什麼好擔心的，歪起頭問：

「擔心我什麼？工作的確很累，但也不至於把人累倒。」

「不是，我是說家裡。啊，家裡一定堆滿了髒衣服。」

「媽，我可是一個人在東京住了九年呢。」

「反正一定都吃速食調理包，去投幣式自助洗衣對吧？起初還會認真做，但很快就嫌麻煩了。」

「……我都有煮飯給我前男友吃好嗎？」

「妳這個一回到老家，就只會發呆睡覺的人嗎？真難想像呢。妳就沒有新的桃花嗎？對了，跟妳成天掛在嘴上的小雨前輩怎麼樣？」

「跟他不可能啦！」

「就用妳那份幹勁，回家後自己準備晚飯吧。」

母親露出無所不知的表情，擺出瞭若指掌的態度。她總是用一句「我是妳媽」把我哄過去，身為孩子，我怎麼樣就是會想要反抗她那樣的自負。只要總有一天找到一個比母親更瞭解我的對象就行了。

「最近的速食調理包，營養也都很均衡好嗎？看怎麼搭配，搞不好比自己煮還要健康。」

「比起廠商的技術，問題是妳的技術。將來結婚一起生活，每天餐桌上出現的都是速食調理包，妳老公會是什麼心情？」

母親不理會我的辯解，繼續說下去：

「事物總有個限度吧？一想到每天都吃速食調理包的妳，媽的心就好痛，垃圾一定也丟了滿屋子。啊，聊起吃飯話題，總覺得肚子餓起來了。下次帶那個來給我，Acecook的餛飩麵。」

「喂，那是速食耶！」

母親避過我伸手指去的吐槽，就像厭倦抬槓似地閉上眼睛準備睡覺。我覺得再也沒有比她更不知道融入醫院氣氛的人了，感覺就連死神都會受不了她而直接路過。

我準備回去，說了聲「拜拜」，母親輕輕揮手。

離開病房，走出住院大樓，經過草坪修剪整齊的中庭，到主大樓櫃台歸還會面許可證。正要回去的時候，有人從後面叫住我：「佐佐羅小姐。」

是個體格壯碩的戴眼鏡男子，白袍穿在他身上顯得有點憋。我見過這名醫生，是第一個為母親診察的醫生，也是他要求進行精密檢查的。我在心中認定他就是主治醫師，不過不清楚是不是，我從他胸口的名牌得知他姓「相澤」。

相澤醫生把我帶去診斷室，關上門後，空氣就像被壓縮了似地，讓人呼吸困難。醫院本來就很安靜，在這個房間裡，聲音更是完全被隔絕了，就像在叫人全神貫注在相澤醫生說的話。

「妳已經去探望過令堂了嗎？」相澤醫生說。

「對，我剛才去看過她了。」

「她有什麼不一樣的地方嗎？把病情告訴妳了嗎？」

「感覺比平常更活蹦亂跳呢，抱歉給醫生添麻煩了，我媽說她是貧血。」

瞬間相澤醫生別開目光，那表情就像對於接下來要說出口的事實感到躊躇。也許是因為這一個多月以來，我以投遞員的身分接觸了各種人，所以也能察覺這種微妙的表情了。

相澤醫生下定決心似地開口了：

「昨天我已經告訴令堂了，是肺癌二A期。」

「……」

肺癌。癌症。

相澤醫生開始說明區分病情嚴重程度的「分期」，聲音很機械，不帶感情，就像是故意不帶感情、努力平板地說明。

癌症分成一到四期，母親相當於二期。

第二期又依嚴重程度分為「A」和「B」，母親屬於A。雖然還不到末期，但癌症畢竟是癌症，是現在仍在分秒惡化的疾病。不是置之不理，就會自行痊癒的疾病。

「肺癌真的很難發現，初期頂多只有久咳不癒、類似感冒的症狀，等到呼吸困難、失去意識送醫時，很多時候病情都已經惡化到相當嚴重了。」

「能治好嗎？」

相澤醫生似乎早有預期我會問，立刻回答說：

「如果惡化到三期、四期的末期症狀，就必須依靠抗癌劑來治療，但幸好二期還能以手術處理，就是將癌細胞腫瘤切除。二期的話，五年存活率也很高……」

「什麼是五年存活率？」我按捺不住地問，總覺得想要說點什麼來轉移心慌。

「是動完手術後，五年內癌症不再復發的機率。一般來說，如果五年以內都未再復發，就相當於痊癒，而二期的五年存活率有將近六成，這是很高的數字，很有希望痊癒。」

然而我腦中卻只意識到剩下的那四成。這等於是十個人裡面，有四個人會再復發，但如果置之不理，就毫無希望了。

「醫生告訴我媽了嗎？」

「說了，我建議動手術，但令堂說想要考慮一下。」

「為什麼？」

「一來是這家醫院無法動手術，為了慎重起見，必須去設備齊全的、比方說東京的大醫院動手術。二是雖然時間不長，但外科手術會讓令堂的體力大幅衰退。除了外科手術以外，雖然也是有靠抗癌劑慢慢治療的方法，但這種方法會有副作用。」

是要前往東京，立下覺悟接受外科手術，還是留在這裡，用抗癌劑慢慢地治療？

母親在猶豫。

明明不管怎麼樣我都會從醫師那裡得知，母親卻不肯親口告訴我，徹底隱瞞。就連這麼嚴重的事，都像不存在似地，用玩笑帶過。

真是個了不得的戲精。

「讓大家擔心了，已經沒事了。」

隔天，我銷假回到郵務課。母親昏倒的隔天開始，我請了兩天的假。裝著道別信的業務用投遞箱裡累積了幾十封信，收到的道別信，會從這裡分配給郵務課裡的各人負責，但最近的信件數目異樣地多，表示我們的認知度提升了嗎？

「妳一定很擔心令堂，我也見過她，她是位很健談的女士。我可以去探望她嗎？」新田部長第一個慰問我。

「當然，她一定會很高興的。」

「沒問題嗎？鈴姊不用急著回來上班……」千鶴說。她一如往常的溫柔撫慰了我，感覺只要稍一疏忽，會是我先掉下眼淚來。

「嗯，謝謝，不過這是工作。」

「沒錯，是工作。」

小雨前輩應道。

「別把私情帶進工作裡來，妳以為妳是為了什麼而連休了兩天？要是資料整理太慢、投遞沒有完成，我可不會放過妳。」

「……把私情帶進來的是誰啊？老是私底下虐待我。」

「妳說了什麼嗎？」

「不，沒事。」

「那不是虐待，是指導，是磨練。」

「明明就聽見了嘛！」

這個人也是一如往常。因為他的冷言冷語，害我的眼淚一下都乾了。絕對不讓你有挑剔的餘地！但我也隱約察覺興起這種念頭，或許正如了小雨前輩的意。也許這是小雨前輩式的鼓勵，不管怎麼樣，我都要把工作做好。大家都一如往常，我也必須趕上大家才行。

然而我卻沒辦法像平常一樣，這天我不但搞錯投遞地址，連單純的電腦資料整理都沒弄好，慘不忍睹。我犯了連第一天上班都不會犯的愚蠢錯誤。

投遞路上，我遇到一鄉先生，腳卻使不出力，怎麼也不想追上去，對方還主動靠近詢問：「妳今天是怎麼啦？」但最後還是讓他給跑了。

新田部長和千鶴都一臉擔心地看我，就連小雨前輩都沒說什麼。不僅如此，他還替我處理應該要由我投遞的信，明天休假真是太好了。

必須快點想辦法才行。

母親的病情，即使自以為腦袋理解，感情也無法接受。自己該如何面對才好？稍不留神，這個問題便不斷地盤踞腦海。

回家以後，我煮水準備泡麵，就連這段期間，我也想起母親的臉。結果我熄了火，做了唯一會做的蛋包飯。許久沒做，有些地方沒熟，或是冰冰涼涼的，不怎麼好吃。

因為只有晚間有空，我抓緊時間洗衣服。就像某人說的，在東京的時候，我都去便宜的投幣式自助洗衣店洗衣服，那裡的自動販賣機的炒麵很好吃。

我依照洗衣精上寫的步驟操作，怎麼，很簡單嘛。我打開洗衣機電源，立刻讓它運轉，然後照著上面顯示的四十分鐘後再回來查看，竟發生慘劇了。

「咦咦咦咦咦?!」我忍不住大叫。

整個地板淹滿了水，如果不是只有這裡突然下雨，就是我開的洗衣機造成的。仔細一看，洗衣機延伸而出的水管好像是排水用的，本來應該要拉去隔壁的浴室，但我沒有發現，讓應該要流進浴室的洗衣排水整個淹沒了地板。

將五條濕毛巾丟進洗衣機，處理完畢時，疲勞已經到達極限。蛋包飯也沒吃完，進了廚餘桶。

我也懶得泡澡，草草沖了個澡就算了。換上睡衣倒向床上，就這樣睡著了。

隔天我一早就去醫院，前往三〇二號室報告。

「家事完全沒問題，放心吧。我有自己好好做飯，全部吃掉了，洗衣機也順利操作，還久違地好好地泡了個澡。」

「希望我回去的時候，房子沒有塌掉。」母親說，一臉認定我在撒謊的表情。

「為什麼不相信我？」

「妳的頭髮很臭。」

所以一定沒有好好泡澡，其他的也全是胡說。我覺得母親的洞察力比在家的時候更敏銳了，那麼我也要來刺探。

「媽，妳不動手術嗎？」

「……咦，妳已經聽說啦？」

「不動手術嗎？動手術吧。」

「喏，不是也可以用抗癌劑治療，定期上醫院慢慢治療嗎？」

「可是有副作用啊，動手術的話，就可以切得一乾二淨了。」

「可是動手術需要體力吧？媽沒有自信。」

「不對。」

這次我一口咬定。

「還有其他的理由吧？妳不肯去東京設備更齊全的醫院的理由，妳不願意去的理由，想要留在這裡的理由。」

「是啊，其實這裡的醫生每一個都很帥……」

「別開玩笑了！」

我不禁在不可以說話的空間裡大喊出聲，聽到我的叫聲，或許死神會聞風而至也說不定。

這時有人敲門了。代替死神現身的，是主治醫師相澤。他說是例行檢查的時間，因此我離開病房回去了。

這天晚上，手機接到電話，是醫院的號碼。我猶豫要不要接，結果還是把手機拿到耳邊，是相澤醫生打來的。

「令堂的病情正在惡化，剛才她一度失去意識，不過現在已經恢復了，請放心。」

「病情都惡化了，怎麼可能放心？」

幾秒鐘的沉默後，相澤醫生回答：

「有可能惡化進入二B期，不快點開始治療，有可能會為時已晚。」

「我媽怎麼說？」

「還是不願意，可以請妳設法說服她嗎？」

我有。

我試著說服，但母親不肯聽，她在隱瞞什麼。

她有不願意離開這裡的理由。

那到底是什麼？甚至瞞著親女兒，到底會是什麼理由？

我不懂，我完全不懂。

「……為什麼啦！」

我到底該怎麼做才好？

3

抵達大廈門口，輸入「二〇三」，也許是巧合，和母親的病房號碼剛好相反。住戶應聲，我說我是佐佐羅，對方立刻為我開門。

今井小姐在二〇三號室前面半掩著門，正在等我。是我第一次送信的對象。她的眼神比之前見面的時候更有神采，髮梢的鬈度還是一樣，但稍微染過了。

「好久不見了。您說下次想要私下見面，所以我來了。」

「但這也太突然了吧，至少事先連絡一聲吧，我房間亂成一團。」

「噯，沒關係啦，我又不在乎那些。」

我突然收起敬語，讓今井小姐有點錯愕。我趁機穿過她旁邊，進入房間。既然說是私下見面，那我也不拘禮數了，而且我年紀比她還大。社會虛禮直接留在玄關外面了，今天我要以朋友佐佐羅的身分面對她。

「那，奈奈。」

「有夠厚臉皮的！妳居然記得我的名字！」

當然記得了，第一次送信的對象，而且是突然在眼前把信撕得稀巴爛的對象，讓我想忘也忘不了。坦白說，當時我混亂極了，心想這就是普通的工作現場嗎？但後來也遇上許多辛苦的案子，讓我得知她絕非例外。

我和今井小姐在窗邊的小桌子喝茶，她拿出哈根達斯冰淇淋招待我，怨恨地說本來想要一個人獨享的，我不客氣地享用了。

「後來我跟一郎一次都沒有見面，收到那封信以後，也沒有連絡，但我覺得這樣比較好。現在我過得很好，所以那次離別是對的。」

「這冰好好吃。」

「妳有沒有在聽！」

今井小姐暴怒，接著她慌亂地問：

「咦？那是怎樣？難道妳真的是以私人身分來找我？不是售後服務之類的？」

「不是，只是想跟妳聊聊而已。」

「天哪，我可以把妳趕出去嗎？」

「別氣別氣。」我安撫，繼續賴著。原本就要起身的今井小姐也無奈地又坐下來。

我不知道自己怎麼會想要來找她，大概是因為這裡是這附近我唯一可以輕鬆拜訪的別人家。

我想找人聊聊，不是同事，而是可以用更俯瞰的觀點看我的對象。但如今再連絡早已疏遠的高中同學，也教人卻步，所以我想到最近剛認識的今井小姐。

「欸，我的投遞服務怎麼樣？」因為講到道別信，我探聽了一下。

「很囉嗦，很煩，希望妳快點滾。最後一句話現在依然適用。」

不過——今井小姐接著說。

「也多虧了妳那樣死纏爛打，因為妳，我才能讀到信。因為妳把我撕破的信又貼回去了。妳替他傳達了他的心情。」

「嘿嘿，我多少派上用場了是嗎？」

「妳是遇上了什麼煩惱嗎？還是來沉浸在自己的功勞裡的？如果是想要沉浸在當年勇，等到老了以後再來好嗎？」

今井小姐的發言意外地嚴厲，不過她接著又說：

「原以為畢恭畢敬，卻突然用粗魯而赤裸裸的話趁虛而入似地踏進別人的心裡，我覺得妳就是這種人。」

「這是稱讚吧？」

今井小姐沒有回答，改變話題：

「我現在又回去學校了，附近的專門學校。」

「什麼學校？」

「西洋甜點的專門學校，我想要學做蛋糕。」

我喃喃說「真可愛」，被狠瞪了一眼，不過，為什麼是蛋糕？

「要實習的日子，得起個一大早，非常辛苦，不過我要堅持下去。收到道別信以後，我還是無法立刻徹底忘懷，在房間裡一個人哭。那個時候吃到的蛋糕超美味的，讓我又恢復了精神，這讓我有些感動。所以我想要做有人失戀時，吃了可以恢復笑容的蛋糕。」

今井小姐說明天也有實習，她得預作準備，把我趕走了。

她完全振作起來，以離別做為踏腳石，繼續前進了。對於這樣的她，我感同身受地感到驕傲。

我又想去見見其他人了。

「這蛋糕好好吃！」

我和放學後的美月約好，一起去她說一直想去的新開幕的咖啡廳。咖啡廳位在站前，有著木地板露台，裝潢時尚，美月興奮極了。

「美月，下次跟男朋友一起來吧，快點交個男朋友。」

「現在沒空想那些吧，而且現在我又回去社團了。」

美月擺在旁邊的包包不是書包，換成了運動款式的亮面包，沒有完全關上的隙縫露出裡面的釘鞋。她繼續在奔跑呢，我心想。

「是顧問老師讓我回去的，大家也超乎預期地接納我。」

「太好了。」

「不過也得努力準備考試。對了！鈴小姐來教我吧！妳讀的是東京的大學吧？大學考試問題對妳來說一點都不難吧！」

「呃，嗯，是啊，下次有時間的話……」

臨時抱佛腳的日子真令人懷念，那些知識也早就全部還給課本了，真不曉得考試是為了什麼。得在下次美月拜託我之前，好好復習一下才行。

「我能像這樣奔跑，也都多虧了鈴小姐和其他的投遞員。直到去年以前，收到母親的信都讓我痛苦不堪，現在卻覺得迫不及待。一想到二十歲以前，我還可以收到好多信，就覺得好期待。欸，我希望明年也是鈴小姐來為我送信。」

看來那些信確實地成為推動她的助力，重要的不是美月能否實現成為田徑選手的夢想，為了實現夢想的心態和努力，一定能建立起她的自信，成為她的力量。這種事用不著我來說，美月的母親一定也會在信裡告訴她吧。我重新瞭解到身為投遞員，該退一步的時候，就不該搶鋒頭。

「妳父親都還好嗎？」

「嗯，工作增加，他看起來很忙。我也幫忙分擔家事，希望可以多少減輕一點他的負擔。」

「妳真的太了不起了，耀眼到我都不敢直視了。」

下次應該請她教我怎麼用洗衣機嗎？

最後我被美月拗請客，與她道別了。

按下門鈴後現身的，是眼角有顆可愛黑痣的老爺爺。峰岸先生在家裡也穿西裝，看來最後他又把房子買回來了。

「穿這樣比較自在，還有這個地方。」

「抱歉突然上門打擾，我想來看看峰岸先生的狀況。」

「哪有什麼好抱歉的，客人就是要不期而至才教人驚喜呀。」

被帶進去的客廳裡，意外地堆滿了東西。我原本猜想他是個更清閒、簡樸的人，然而眼前的空間，即使說有年輕人剛在這裡開過派對，也不令人意外。

「我女兒一家和孫子們最近都會來玩，也沒空整理。到了這把年紀，身體就沒辦法自由活動囉。」

「都爬了那麼高的山，說的這是什麼話？」

峰岸先生笑了，看來這話比想像中的更有笑點，太好了。

「我來幫忙收拾吧。」我說。

「真是太感謝了。」

我拿了兩、三個垃圾袋，將桌上的寶特瓶和零食丟進去。亂放的東西放回峰岸先生指定的地點，活動身體讓人舒暢。

大致收拾完畢後，我用吸塵器吸地。吸塵器看起來很昂貴，但似乎不太常使用。工具多得是，卻沒什麼人和機會去使用它們。過去這令人寂寞，但現在卻有了逐漸把它們用舊的樂趣——我打掃完時，峰岸先生輕聲這麼說。

「人還是應該要活著。最近我開始覺得，我所體驗到的喜悅和感動，或許還只是人生當中的一小部分而已。」

「往後還有更多更美好的事情的。」

「我到現在都還能一清二楚地回想起佐佐羅小姐的那記飛撲。」

「對、對不起……」

「開玩笑的。」

峰岸先生笑了。

「妳毫不猶豫的行動救了我，謝謝妳。」

「有時候我會懷疑那樣做真的對嗎？就是，我會擔心自己是不是多管閒事了。坦白說，我沒怎麼考慮到救了您以後的事，上司也罵了我一頓。現在才說這種話很不負責任，但我無法為峰岸先生的人生做保證。」

「對不對並不重要，佐佐羅小姐似乎懷疑自己的行動是一種偽善，感到自責，但最近我讀到的書裡有這樣的一段話：袖手旁觀的真善，不如動手去做的偽善。即使話說得難聽、讓聽的人不舒服，但讓人變得更豐富的，就是許許多多的偽善。」

峰岸先生溫柔地輕聲對我說。也許他是把孫子的身影和我重疊在一起，想要鼓勵我。

「如果妳願意，下次再一起去石川如何？」

「我很樂意。」

「這裡隨時歡迎妳來。」峰岸先生最後說，一路送我到玄關。

對於阻止峰岸先生自殺，我並不後悔，然而另一方面，回想起來的時候，我也質疑我的行動或許太自私了。就算救了他一命，接下來要怎麼辦？妳有辦法永遠陪伴他，直到最後一刻嗎？

但今天看到峰岸先生現在的生活、看到他驕傲的笑容，內心的疙瘩也消失了。什麼為了峰岸先生，這種想法也只是自以為是，就像俗話說的，人無法一個人活下去，但這句話並不是在說一個人的力量是軟弱的。

峰岸先生遠比我所想像的更堅強多了。

今天見到了好多人，這也是當然的，因為是我主動去找他們的，但踏上回家的歸途時，最後遇到的人真的是巧合。

「佐佐羅……」

「小雨前輩……」

應該說教人失望，還是讓人安心？假日的小雨前輩一身普通的服裝，有領的外套搭配牛仔褲，一手提著印有影片出租店商標的小袋子。

「租片嗎？」

「租片。」

遇是遇到了，但一如往例，對話無以為繼。小雨前輩似乎也頗為意外，沒有平常那種機關槍式的唾罵。截至目前，只是單純的街坊對話。我從以前就覺得，我們兩個似乎對這種獨處的空間很沒轍。

該說什麼好呢？該用什麼心情應對好呢？接下來該怎麼辦才好呢？與今井小姐、美月、峰岸先生在一起時完全不會有的感情湧現出來。就算遇到的是千鶴或新田部長，一定也不會有這種感覺，這是怎麼回事？為什麼我必須這麼客氣才行？為什麼我會開始在意起自己的服裝？這簡直就像——

「剛好，跟我一起吧。」

「跟你在一起?!」

「那什麼表情？一起去超商啦。」

「啊，喔……是這個意思啊。」

小雨前輩露出莫名其妙的表情，先走了出去，我悄悄跟在後頭。莫名其妙的人是我才對。

「去超商幹嘛？」

「請我吃布丁，妳欠我的還沒有還吧？」

「之前不是買了放在冰箱裡了嗎？」

「那不是我喜歡的牌子，我告訴妳是哪一牌的，好好記住，以後就買那一牌。」

「你對布丁的愛也太無止境了吧？」

很快就到超商了。這家超商後面附設公園，相當特別。我高中的時候還沒有這家店，是我離開以後才開的。

小雨前輩目不斜視地往甜點區走去，指著說「這個」。坦白說，我不懂跟其他的布丁有什麼不同。我保證「下次我會買這個」，但小雨前輩仍執著不休地指著強調是這一牌。

「就說我知道了啦！」

他的囉嗦讓我忍不住怒吼，小雨前輩也回過神來，四下張望。我的大喊引來其他客人偷瞄，因為實在太丟人了，我們各買了一個布丁（是我請客！），離開超商。

我們繞到後方的公園，理所當然似地坐到長椅上，吃起布丁來。長椅附近的垃圾桶已經快被超商的垃圾塞爆了，清理這個垃圾桶，也是超商店員的工作嗎？我浮現無關緊要的疑問，因為有人需要，所以才是工作吧，反過來說，工作一定就反映了自己在社會上的角色。直到最近，我才總算發現這件事。

道別信也是因為在現代受到需要，才能像這樣持續存在。第一次和小雨前輩去送信時，小雨前輩說這種工作最好消失。如果每個人都能親口道別，也不需要信差了，真的會有這樣的一天嗎？

布丁確實好吃，那美味讓我驚訝得停下湯匙，旁邊的小雨前輩得意地「哼」了一聲笑了。

「就在這一刻，蝸牛嚐到混凝土以外的滋味了呢。」

「我又不吃混凝土，我也不是蝸牛。」

「那就證明妳不是，別拖拖拉拉的，快點恢復平常的表現。」

「……我知道啦。」

我不是在追求答案，但我以為只要拜訪許多人，或許能有什麼啟發。現狀僅是「感覺似乎能有所啟發」而已，答案近在身邊，卻是透明的，捉摸不到。

我身為信差，接觸到許多人，開始能察覺到纖細的感情與細微的表情，這樣的我，算是稍微有點長進了嗎？但我卻不明白，不明白最重要的、最近在身旁的母親的心。她在隱瞞什麼？想不透這一點，讓我覺得懊喪、不甘心。

小雨前輩收走吃完的布丁空盒，放進超商塑膠袋裡，束起袋口。我以為他會丟進垃圾桶，沒想到他就擱在旁邊，似乎是打算帶回家。我又偷偷地看到了他新的一面。

小雨前輩嘆了一口氣，開口說了：

「我在東京的時候做的工作，只是剛好適合我，但沒有什麼意義。我理所當然地過著每一天，就在這個時候，新田部長和上一代來找我。」

小雨前輩在述說他的過去，是我第一次聽到、以為他不會告訴我的，收到道別信的事。

「當時我工作的動力，是那時候的女友。我們是遠距離戀愛，每星期見一次面。因為有她，我才能待在東京，但新田部長帶來的——」

「是她給你的道別信？」

我在最後插了口，本以為小雨前輩會露出厭惡的表情，但他只是淡淡地笑。

「我完全沒想到她居然會提分手。新田部長和上一代也是，起初我以為他們是可疑的詐騙分子，把他們趕走了。新田部長的笑容很詭異嘛。」

啊，我有點可以理解，突然有人頂著那種笑容上門，一定會嚇到的。世上再也沒有比意義不明的善意更恐怖的東西了。

「我遲遲無法接受，但新田部長和上一代陪著我。最後我讀了信，好好地面對與她的離別。」

小雨前輩以前也有過女友。若說理所當然，或許理所當然，但——

居然連境遇都與我幾乎相同。

第一次見面時，小雨前輩會特別針對我的理由。超出必要地攻擊我、對我看不順眼的理由，我似乎瞭解為什麼了。如果眼前突然冒出一個與過去的自己如出一轍的人，我一定也會想要唾罵個幾句。

「送完信後，上一代挖角我進入團隊。新田部長也建議我來，我拒絕不了，就過來這裡了。我再也不想經歷那種心情了，我再也不想無法體察別人的心思，事後悔恨，我想要變成一個能理解每個人的想法和真心的人。」

有一次新田部長說，小雨前輩能夠立刻理解別人當下想要聽到的話，還說那就是小雨前輩的過人之處，也是他能有那麼高的投遞率的原因，而這樣的能力背後，有著一番努力。

再也不想忽略別人的心思了，已經受夠在事後懊悔了。

我也想要理解，我想要隨著信件，把對方想要聽到的話一同送達。

媽想聽到的話到底是什麼？

「……啊，原來如此。」

實在太單純了。因為太親近了，反而看不見全貌。

我不停地思考，然後因為小雨前輩的話而掌握了答案。總是如此，小雨前輩的一句話總是拉了我一把。這次也是，他為透明而看不見的答案上了色，讓我能夠毫不猶豫地抓住它。

「小雨前輩，我要回去了。」

「嗯，快走吧。」

小雨前輩彷彿洞悉一切地答道。我從長椅站起來，跑了出去。

我得知小雨前輩從事這份工作的理由了，那我呢？

為什麼我會做這份工作？是因為什麼契機？是因為誰說的話？以什麼樣的心態在持續？

我回到家，到處翻箱倒櫃，找到了信紙。雖然有點舊了，不過沒問題，完全堪用。

我振筆疾書起來，我已經想好要寫什麼了。

親愛的媽媽——

4

結束上午的窗口業務，我換上平常的離別郵務的制服，仔細檢查服裝儀容是否整齊，肩線是否綻開、有沒有線頭、衣服是否歪斜、髮型有沒有不整。沒問題，一百分。

我在更衣室準備好，像平常那樣去辦公室報告我要出門了。

「那我出門了。」

我先對千鶴說。

「鈴姊，希望妳順利投遞成功，這是護身符。」

「謝謝妳，千鶴，不過這是保佑財運的。」

「啊嗚……」

千鶴掉下淚來，我摸摸她，緊張舒緩了一些。新田部長在一旁笑道：

「佐佐羅是第一個自己投遞自己的信的信差呢。」

「漸漸變成模範例子了呢。」

最後是小雨前輩說。我轉向他，期待他會說什麼，但本人盯著電腦螢幕，看也不看我。與其說是沒注意到我，更像是故意不看我。嗯，不意外啦。

我離開郵局，前往醫院。

搭電車坐了兩站，一下車立刻就看到醫院了。櫃台見到我的服裝嚇了一跳，但我說我是來探病的，對方便勉為其難地給了我探訪證。確實，這身穿著不能說是便服，但規定道別信的投遞人必須親手把信交給收件人。即使有些強硬，也非見到本人不可。

我站在三〇二號室前，裡面一片安靜，感覺好像連自己的呼吸聲、心跳聲都會被聽見。

我做了個深呼吸，敲了敲門。幾秒之後，是一聲有禮的回應：「請進。」聽起來就像別人，但確實是母親的聲音。

我開門，母親立刻被我的服裝嚇了一跳。這個人即使臥病在床，表情依舊老神在在。

「小鈴，那是……」

「工作的制服，今天我是來辦公的。」

這是表面的理由，其實我一直很想好好地讓母親看到我這身制服打扮。

我趁著母親愣住的時候，一口氣拉近距離，從肩上的郵袋取出信封遞過去。

「您好，我是離別郵務的佐佐羅，為您送來您的離別。」

「……什麼跟什麼？」

「規定要這樣說啦！」

停頓幾拍之後，母親回答：

「那封信是給我的？」

「對，我是來執行送信的公務的。」

母親總算接下信封，她翻到背面，確認寄件人是我的名字，我知道她倒吞了一口氣。

「為什麼給我？而且道別信……」

「別管那麼多，讀就是了。」

拜託——我說。

我寫給生母的道別信。

同時這也是第一次寫給母親的信。

和幼稚園或小學功課寫的「感謝媽媽」的信完全不同的、不受強制、完全出於自己的意願寫下的話語。拜託，一定要傳達。

母親細心地拆開信封。她抽出裡面的信，看了我一眼，就像在徵求我的許可。我向她點頭，母親望向信件。我看著她眼睛的動作，上下慢慢地移動，看得出來，啊，她正在讀信。

隨著母親的視線移動，我也想起我所寫的內容。

這是道別信。

上面寫了與母親的道別，以及與我自身的道別。

親愛的媽媽：

我到現在都還記得我說我要去東京，離家跑去念大學的九年前。我一直覺得那是我強人所難，強迫媽答應我。但現在我明白，媽即使憂心忡忡，還是尊重了我的意思。

我失去工作、和男友分手，變得像塊破布似地從東京回來時，媽笑了我。雖然我裝出氣得要命的樣子，但其實有些鬆了一口氣。因為我一直以為媽會罵我，說我在東京待了九年，到底都做了些什麼？沒有任何成就就回來，丟不丟人？

在媽的介紹下，我得到了現在這份郵件投遞員的工作，投遞道別信。一開始我覺得很絕望，覺得自己找了一份不得了的工作，但是接觸到各種投遞的對象以後，我開始覺得這份工作滿不賴的，體驗到順利把信送達的亢奮，並覺得：啊，原來這就叫「工作的意義」。或許就像媽說的，世上沒有任何事情是白費的。

在投遞道別信的過程中，我遇到了男女老幼、形形色色的人，我漸漸地可以掌握到他們的感受、表情變化與心理活動，所以我自認為也能理解媽的心情。

媽無法下定決心動手術，一直留在這裡，都是為了我。

當著彼此的面，實在無法說出口。就連去到東京動手術的期間，媽還是會牽腸掛肚，擔心我一個人能不能好好自理生活。

我離家在東京生活了九年，變得遍體鱗傷。媽再也不希望女兒遇到這樣的事、想要把女兒留在自己看照得到的地方、希望女兒永遠安全，所以才無法下定決心動手術。媽想要留在這裡，定期上醫院，一邊照顧我，一邊慢慢地治療。

如果不是這樣，對不起，但我不認為我猜錯了。

如果、如果這個答案有那麼一點點說中了媽的心情，那麼拜託媽，請妳放心，請相信妳的女兒已經不是離開這裡那個時候的高中生了。

確實，三餐我都吃速食，連洗衣機都不太會操作，有時候還會忘記鎖家裡的門。回到老家的我，整個人對媽依賴到不行，老覺得只要回家就理所當然地有飯吃，浴缸的熱水也都放好等我去泡，連明天要穿的衣服都準備好了。

可是，我要停止這種生活了。我要停止依賴媽，過去有多依賴，往後就要以多少支持來回報。我會學做飯，學怎麼用洗衣機，也會乖乖地放熱水泡澡。

我希望我待在媽的身邊，不是為了依賴，而是為了支持。所以請媽平安地回來。我想要支持恢復健康、活力十足的妳，我想要讓妳看看，這就是現在的我。

拜託媽，不是為了我，而是為了自己做出選擇。

最後，很抱歉這麼晚才對妳說。任性撒嬌的我已經畢業了。

佐佐羅鈴

沒有任何算計。我希望設法說服母親，但寫到一半開始，就全是我的肺腑之言。是我實在無法親口說出來的內容，是嘴巴無法說出來的文字、真心話。

書信的文化，從遙遠的時代綿延流傳至今，在這個不需要的事物逐漸被淘汰的世界，書信總是與人們同在。這是因為無法用話語道盡的情感、平常無法訴諸話語的真心話，卻可以透過書信傳遞。有時書信具有比訴說更重要的意義。

我一直在思考，離別會帶來寂寞和悲傷，但除此之外，離別也帶給我們其他的事物，那到底是什麼？今天我總算瞭解了。

離別帶給我們的是勇氣。

是與男友道別時，發現對方的體貼，出發尋找新夢想的力量。

是心愛的母親過世時，在她留下的話語支持下，再次向前奔跑的力量。

是失去人生伴侶，即使迷惘，仍發誓要活下去的力量。

離別帶給我們的，就是這樣的力量。

與依賴成性的自己道別，與擔心自己的母親道別。如果彼此都能滿懷勇氣，跨出一步就好了。

讀完信後，母親前所未見地恬靜地笑了。這是難得一見的表情，我覺得在孩提時分，連站都還不太會站的時候，母親抱我入懷時，就有過這樣的表情。

「謝謝妳。」

母親輕聲說。聲音清爽，就像是剛從冰涼的水池裡走出來一樣。

「不好意思，媽想要一個人獨處一下，妳可以先回去嗎？」

「好。」

最後我遞出簽收卡，請她簽下「佐佐羅美代子」。我收下卡片，離開病房。歸還探訪證後，我頭也不回地離開醫院。

前往車站的途中，膝蓋不禁發軟了，這讓我理解到自己先前有多緊張。我雙手扶膝，好不容易撐住沒有倒下來。

手機振動了，是新田部長傳簡訊來。「投遞結束後，妳今天可以直接下班。」坦白說，我大大地鬆了一口氣。因為我實在無心繼續下一項業務。

如果能夠，我好想現在立刻放聲尖叫。啊啊啊啊！心情亢奮到不行。

傳達了嗎？

確實傳達給母親了嗎？

母親依然不對我展現她的真心。她隱藏起一切的軟弱，就彷彿這是做母親的義務。她說她想要一個人，叫我回去，這是什麼意思呢？

我做錯了嗎？

我想到的答案，會不會其實錯得離譜？或許她真的是擔心自己的體力撐不過手術，無法決心動手術的理由真的就只有這樣。我說得冠冕堂皇，但或許全部猜錯了。

或許我只是任意把自己的想法加諸在母親身上，如果是這樣，那我反而惹來母親多餘的操心了。會讓她覺得小鈴實在不行，還需要人照顧。

「天哪，怎麼辦……」

回神一看，我人已經到家了。這表示我無意識地出了車站，走過商店街、住宅區和鄉間小路，幾乎是本能地回到家了。

進屋的同時，我不支倒地。臉頰貼在玄關地板上，一片沁涼。我閉上眼睛，沉浸在這樣的溫度裡。

先脫下沉重的制服，因為流了汗，很不舒服，我先換了衣服，正想沖澡的時候，門鈴響了。是宅配嗎？我現在實在不想見人，請他改天再來嗎？我正在猶豫，門鈴又響了。這個宅配人員也真煩，我正感到惱火，門鈴又兩聲、三聲地連續響起，響個不停。

「來了啦！」

我想要嚇嚇對方，故意踩出重重的腳步聲經過走廊，然後粗魯地一把將門打開。

「不要一直按……」

話說到一半，我看到對方的臉，整個人愣住了。

站在門外的是小雨前輩。

而且穿著離別郵務的制服。

「小雨前輩?!你怎麼會在這裡?」

「我來工作的。」

「工作……咦?」

小雨前輩從懷裡取出一封信。

然後遞給我,恭恭敬敬地說:

「您好,我是離別郵務,為您送來您的離別。」

一成不變的招呼,這是將道別信遞交給收件人時要說的話。現在這情況,表示收件人是我。

我傻在原地,小雨前輩說著「喏」,催我收信。外觀是普通的信封,但光看正面的「佐佐羅鈴小姐」幾個字,我立刻就認出是誰寫的了。完全用不著翻到背面看寄件人。

「媽……」

「看郵戳日期就知道了,不過還是跟妳說一聲,窗口是在昨天收到這封信的。也就是在妳送出自己寫的信之前，令堂也寫了信給妳。」

仔細一看，日期確實是昨天。怎麼會這樣，我們擦身而過了，我們彼此寫信給對方了。媽幹嘛不跟我說嘛，居然沒有透露出半點蛛絲馬跡。

不，不可能說得出口，我自己也寫信寄給了對方，所以明白，明白那種說不出口的靦腆。

「我可以在這裡讀信嗎？」

「那是妳的信，隨妳的便，我確實把信送到了。晚點再簽收就行了，下次來上班記得簽名，拜。」

「等、等一下！」

我忍不住挽留就要離去的小雨前輩。我拉住他的袖子，不讓他走。小雨前輩回給我一張厭煩的表情，但我還是不太想一個人讀，我很不安。

「拜託，可以陪我嗎？」

「……真沒辦法。」

「真的嗎？你真的可以陪我嗎？」

「少囉嗦，快點讀。」

我總算可以理解美月要求我陪她一起讀信的心情了。原來如此，這確實令人不安。如果身邊沒有人陪伴，實在是會害怕到不敢一個人拆信。

打開信封前，我再看了小雨前輩一眼，但再不快點看，感覺會被他揍，我下定決心拆封。

裡面裝了一張信紙。

文章也和我寫的差不多長，一讀到開頭，我更是屏息了。我體認到我們果然是一家人。

信上是這樣寫的：

小鈴：

媽一清二楚地記得妳高三的時候，大喊著要去東京讀大學的那一天。那個時候，媽只說了妳有多麼令人擔心，無法坦然支持妳。

妳在懂事之前，就已經沒了父親，我是一個人獨力把妳養大的。正因為有這樣的自信，所以更不願意傷害妳也說不定。媽即使會開玩笑地罵妳，也自認為不曾真心呵責過妳，但這樣的態度，或許讓妳覺得拘束了。

妳從東京回來的時候，雖然媽為了不傷到妳，拚命隱藏，但其實我開心得不得了，然後我對自己的過度保護感到有些羞恥。準備變成兩人份的餐點、變多的待洗衣物、熱好浴缸水讓妳隨時可以泡澡。

久咳不癒的症狀，還有呼吸困難，其實是癌症。離家不在的這段期間，是媽最感到不安的時間。

但是妳來探望我，勸我動手術時，我發現了一件事。啊，我害妳擔心了。妳想要支持我，或許妳已經不是只需要我照顧的小女孩了。我醒悟到，或許我應該告別這樣的關係了。

我說小鈴，媽是不是可以休息了？

媽可以仰賴妳的支持嗎？

為了想要盡量陪在妳身邊，而傾向選擇抗癌劑治療，這樣的做法是錯的嗎？

媽可以就像妳建議的那樣，同意動手術嗎？

媽可以暫時離開家裡嗎？

我等妳的回信。往後也請多指教。

附記：最近的小鈴總是精神煥發，可靠極了。

美代子筆

我們並沒有說好。

當然也沒有說要寫信給彼此。

而是發現到的時候，我們已經寫了信，寄給彼此，而且內容等於是在回答對方信中的問題。世上真有這樣的巧合嗎？雖然難以置信，但這是真的。

我的意思確實傳到了。

我沒有做錯。

這封信完全救贖了我。

「對了，妳現在是下班時間，所以我不會叫妳摒除私情。隨便妳要哭還是要怎麼樣，我都不會罵妳，也不會說出去。」

「前輩想說什麼？」

「我的意思是，妳可以在我的懷裡哭。」

「原來小雨前輩也會開玩笑啊？」

「不是玩笑。」

「……就只有這種時候要溫柔。講這種話，我會愛上你喔？」

「妳說了什麼嗎？」

「不，沒事。」

「要愛就愛啊。」

「明明就聽見了嘛……笨蛋！」

我再也無法忍耐，撲上去似地把臉埋在小雨前輩的胸膛裡。我壓抑不住聲音，放聲大哭起來，連自己都被嚇到了。

我不停地哭，哭個不停，泉湧而出的淚水怎麼樣也止不住。

小雨前輩一直扶著靠在他身上的我。我一直緊握著信，不願放開。

白色髮夾掉到地上，微微反射出光芒。我就要伸手去撿，卻打消了念頭。我沒有撿，而是在心中輕聲呢喃：

再見。

エピローグ

尾聲

母親轉院之後過了三天，新的醫院的主治醫師打電話來通知「手術順利成功了」，好像一星期以後就可以出院回家。我準備把整個家打掃得乾乾淨淨，迎接母親。母親最喜歡吃味噌燉鯖魚，所以我也想在那之前學會怎麼做。

還有其他令人開心的事。

我正在執行窗口業務時，一鄉先生現身了。

一頭亂髮、滿臉鬍碴，低啞的一聲「嗨」。

那樣拚命尋找的對象竟輕易出現在眼前，這讓我覺得既奇妙又可恨，然後覺得有一點點開心。既然他會堂而皇之地現身，表示他已經認命了。

「我想要結束這場捉迷藏，反正即使我逃到天涯海角，妳也會窮追不捨對吧？」

「當然，把信送達是我的使命。」

我從懷裡取出信來。我隨身帶著他的道別信，以便隨時遇到就可以交給他，或許我早已隱隱預料到可能會有這麼一天。

一鄉先生收下了信，乾脆得一點都不像先前一直逃避的人。他任意拿起附近的公物剪刀，拆開信來。我內心吐槽：怎麼不豪邁地用撕的啊？

一鄉先生的道別信，收件人和寄件人都是自己的名字。為了向以寫作維生的自己道別的信。

「我一直告訴我自己：我還能寫，明天、下週——不，下個月、明年——不，絕對就是今年，我一定能寫出走紅的作品。我一直這麼想，如果不這麼想，實在撐不下去。」

不斷逃避的一鄉先生的告白，那與其是在對我說，更像是在告訴他自己。

「身邊的人也都滿口老師、老師，不斷地捧我。老師，我們期待您的下一部作品、請寫出更有趣的作品。我一方面想要回應期待，但同時卻也感到煎熬，難受極了。」

他輕輕地從拆開的信封裡取出信來。

信紙有些變質了，邊緣浮現污漬，或是凹折。

或許是因為送信人的我的關係，為了逮到一鄉先生時，隨時都可以交給他，我一直把信帶在身上。我誠摯地道歉，但一鄉先生說他完全不在乎。

「重要的是終結我的夢想的內容。」

他一邊說著，把信打了開來。

然後整個人定住了。

他瞪大眼睛，很快地連嘴巴都張大了。

脫力似地，信紙從他的手中飄落。我也看到上面的內容了，信上只寫了一句話，沒錯，真的就只有一句話：

不要放棄。

一鄉先生笑了起來，用一張彷彿不斷地在沙漠中徬徨，終於走到目的地的旅人表情，以極乾啞粗糙的聲音大笑著。

「喂喂喂，我到底是一直在逃避什麼啊？真是太可笑了。居然連自己寫的內容都不記得，不僅不記得，還以為是我不想聽到的話。」

不——他改口說。

「即使表面上不希望，或許我一直希望有人對我那樣說。看來過去的我徹底背叛了我。」

「你要繼續逐夢嗎？」我確定地問。

一鄉先生為了與自己對話，暫時閉上了眼睛。

幾秒鐘後，他睜開眼睛，最後笑了：

「我要去上班，但我並不是放棄了。我要繼續寫小說，但為了見識外頭的世界，我要先好好地出社會闖蕩一次。」

「我覺得這樣很好。」不是客套，也不是順口敷衍，我發自心底這麼說。

我遞出簽收卡，請他簽名。

一鄉先生得意地說：

「這張簽名要留著啊，總有一天一定會身價百倍的。」

他一貫的態度讓我忍不住笑了，就連臨去之際，都是個不折不扣的冷硬派。

離別郵務課的辦公室裡，今天也眾人齊聚一堂工作著。新田部長、千鶴，還有……

「剛才我聽見窗口吵得要命，原來是妳在顧櫃台。郵局可不是體育館、演唱會場還是宴會廳啊。」

「是一鄉先生來了，他總算願意收下信了。」

我交出簽收卡，新田部長感動地「噢」了一聲，端詳卡片。千鶴也為我鼓掌。

小雨前輩不爽地冷哼一聲，然後說：

「小鈴，從今天開始，妳一個人去投遞吧。」

「前輩要放棄指導嗎？」

「是哪個傢伙說我成天跟著很礙事的？」

「我又沒那樣講。」

「總之，妳已經不用人陪了吧？」

我得到肯定了。以秋鷹前輩來說，這是非常易懂的對我的肯定。我決定在洩露出笑意之前，趕快出門送信。

「還有，那個髮夾不適合妳。」

「……囉嗦啦。」

其實從今天開始，我換了新顏色的髮夾。

從以前的白色換成了藍色，這算是我的一點巧思，將離別郵務課的代表色融入我自己。但被當面這樣指出，還是覺得很害羞，而且居然是被這傢伙指出。

我重新振作，檢查配送箱，決定負責人。拿起看到的信，確認住址，是可以騎自行車抵達的距離。我把信放進郵袋裡。

「那我出門了。」

「送到之前不准回來啊。」

「知道啦，秋鷹前輩。」

我離開郵局，繞到後面。一整排紅色的自行車裡，只有一台是特別突出的藍色自行車。調整坐墊，跨上自行車，用力踩上踏板。

我一邊騎車，一邊不經意地望向天空。

空無一物的故鄉天空只是無止境地寬廣，那片景色實在是過於渺小，難以形容為優雅，當時總令我厭惡萬分。

我以為只要去了東京，就會有所改變，然而大樓叢林間的天空狹隘無比，這回我又受不了那種侷促。

失去所有的一切回來時，我以為世上再也沒有我的容身之處。

然而現在，我覺得天空看起來寬闊了一些些。

或許是因為遇到了這份投遞道別信的工作，或許是因為結交到可靠的夥伴，或許是因為遇到了許多人，又或許是，因為我有了喜歡的人。

抵達目的地的住址，確定門牌的名字和收件人一樣，按下公寓其中一戶的門鈴。住戶應門後，我首先打招呼：

「您好，我是離別郵務的佐佐羅！」

聽到這串介紹，每個人起初都會一臉不安，其中也有人會害怕、想要逃避，也有人表現出憤怒，想要把我趕走。

不過請放心，請不要害怕。

我是傳情之人。

不是來讓您悲傷，也不是來讓您陷入孤獨或不幸的。

我會不斷地推您一把，讓您可以繼續往前進。我會協助您，讓您跨出那一步。我絕對不會拋下您不管。

我滿懷這樣的自信，開口說道：

「我來為您送上您的離別。」

後記

大家好，我是半田畔，這是我在L文庫的第二本作品。

本書的主題是「離別」。人生在世，總是會遇到多不勝數的離別。

據說日文的「さようなら」（莎喲娜拉），是源自於「既然這樣的話」。「既然這樣的話，那也沒辦法」，這句反映出接受、面對現狀的態度的道別語，就彷彿體現出日本人的美德，總讓人感到有些驕傲。

另一方面，由於文化的多元化，也有「じゃね」（拜拜）、「またね」（再見）這類約定下次再會的道別，歐美和中國則是「SEE YOU」、「再見」，這讓我邊寫邊認識到各個國家對離別不同的態度。

接下來是感謝辭。責編O、校正人員，還有為本書（原版）繪製美麗插圖的中村至宏先生，謝謝各位。

同時也感謝支持我的家人與朋友，還有陪伴著我的大家。

那麼，SEE YOU，再見。希望往後還能在其他作品見面。

二〇一七年　六月　半田畔

國家圖書館出版品預行編目資料

離別郵務課的送信人 / 半田畔 著；王華懋 譯 .--
初版 . -- 臺北市：皇冠，2019.10
面；公分 .--（皇冠叢書；第 4799 種）(mild; 20)
譯自：とどけるひと ～別れの手紙の郵便屋さん～
ISBN 978-957-33-3483-5（平裝）

861.57　　　　108015057

皇冠叢書第 4799 種
mild 20

離別郵務課的送信人

作　　者—半田畔
譯　　者—王華懋
發 行 人—平雲
出版發行—皇冠文化出版有限公司
台北市敦化北路 120 巷 50 號
電話◎ 02-27168888
郵撥帳號◎ 15261516 號
皇冠出版社（香港）有限公司
香港上環文咸東街 50 號寶恒商業中心
23 樓 2301-3 室
電話◎ 2529-1778　傳真◎ 2527-0904
總 編 輯—龔橞甄
責任主編—許婷婷
責任編輯—蔡承歡
美術設計—嚴昱琳
著作完成日期— 2017 年
初版一刷日期— 2019 年 10 月

法律顧問—王惠光律師

讀者服務傳真專線◎ 02-27150507
電腦編號◎ 562020
ISBN ◎ 978-957-33-3483-5
Printed in Taiwan
本書定價◎新台幣 280 元 / 港幣 93 元